아고타 크리스토프
Agota Kristof

1935년에 헝가리에서 태어나서 2011년에 스위스에서
영면했다. 제2차 세계대전의 포화 속에서 어린 시절을
보내고, 18세 되던 해 자신의 역사 선생과 결혼했다.
20세에 아기 엄마가 된 그녀는 1956년 소련 탱크가
부다페스트로 밀고 들어오자 반체제 운동을 하던 남편과
함께 갓난아기를 품에 안고 조국을 탈출했다. 오스트리아를
거쳐 스위스에 정착한 후 친구도 친척도 없는 그곳에서
지독한 외로움 속에 생계를 위해 시계 공장에서 하루 열
시간 동안 노동했다. 27세에 대학에 들어가 프랑스어를
배웠고, 3부작 『존재의 세 가지 거짓말』을 발표함으로써
또다른 유럽의 작가인 밀란 쿤데라에 비교되는 주목받는
작가가 되었다. 『잘못 걸려온 전화』는 그녀가 망명 후
수년간 집필한 짧은 소설이다.

잘못 걸려온 전화

잘못 걸려온 전화

아고타 크리스토프

용경식 옮김

C'est égal

by Agota Kristof

Copyright © Éditions du Seuil, janvier 2005
Korean translation copyright © 2023 by Kachi Publishing Co., Ltd.
All rights reserved.
This Korean edition was published by arrangement with Éditions Seuil(Paris) through KCC, Seoul.

옮긴이 용경식(龍敬植)
서울대 불어불문학과 졸업. 같은 학교 대학원 불어불문학과 석사학위를 취득하고 박사과정을 수료했다. 역서로는 『존재의 세 가지 거짓말』 3부작, 『자기 앞의 생』, 『어제』, 『먼 나라 여신의 사랑과 분노』, 『배회, 그리고 여러 사건들』, 『일반 수사학』, 『문 위에 놓아둔 열쇠』, 『연인』, 『누군가 어디에서 나를 기다렸으면 좋겠다』 외에 다수가 있다.

잘못 걸려온 전화

저자/아고타 크리스토프
역자/용경식
발행처/까치글방
발행인/박후영
주소/서울시 용산구 서빙고로 67, 파크타워 103동 1003호
전화/02·735·8998, 736·7768
팩시밀리/02·723·4591
홈페이지/www.kachibooks.co.kr
전자우편/kachibooks@gmail.com
등록번호/1-528
등록일/1977. 8. 5
초판 1쇄 발행일/2023. 8. 30
값/뒤표지에 쓰여 있음
ISBN 978-89-7291-803-5 03860

차례

도끼

'들어오세요, 선생님. 네, 여기예요. 네, 바로 제가 전화드렸습니다. 제 남편이 사고를 당해서요. 아주 큰 사고 같습니다. 정말 큰 사고예요. 2층으로 올라오세요. 남편은 침실에 있어요. 이쪽으로. 죄송해요, 침대 정리할 겨를이 없었어요. 보시다시피, 제가이 피를 봤을 때 얼마나 놀랐겠어요. 내가 과연 이피를 다 닦아낼 용기가 있을까 싶더라고요. 차라리다른 곳으로 이사를 가면 어떨까 하는 생각까지 했어요.'

'이 방이에요, 오세요. 남편이 저기 있잖아요. 침대 곁, 카펫 위에. 머리에 도끼가 박힌 채로. 한번 들여다보시겠어요? 네, 검사를 해보세요. 이건 정말 어처구니없는 사고 아닌가요? 남편은 자다가 침대에서 떨어진 거예요, 그런데 하필이면 도끼 위로 떨어졌으니……'

'네, 그건 우리 거예요, 이 도끼 말이에요. 보통 땐 거실에 있어요, 벽난로 옆에. 장작 팰 때 쓰거든요.'

'왜 하필이면 그게 침대 옆에 있었는지! 그걸 저도 모르겠어요. 아마도 남편이 그걸 침대머리 탁자에 기대놨을 거예요. 도둑이 들어올까봐 무서웠던 게지요. 우리 집은 좀 외진 곳에 있으니까요.'

'죽었다고요? 저도 남편이 죽었다는 생각을 하긴 했어요. 하지만 의사 선생님이 확인을 해주셔야 할 것 같아서요.'

'전화하시게요? 아 그래요! 구급차를 불러야죠? 네? 경찰에요? 왜 경찰에 하죠? 이건 단순사고예요. 남편은 침대에서 떨어졌어요. 다만 도끼 위로 떨어진 게 문제죠. 그래요, 이건 아주 가능성이 희박한 일이에요. 하지만 우습게도, 이런 일은 얼마든지 벌어지거든요.'

'오우! 선생님은 혹시 제가 일부러 도끼를 침대 곁에 두고 남편을 그 위로 떨어지게 했다고 믿는 건가요? 그런데 남편이 침대에서 떨어질 거라는 걸 제가 어떻게 예견할 수 있었겠어요?'

'선생님은 그러면 제가 남편을 밀어서 떨어뜨렸다고까지 생각하시는 건가요? 그래서 제가 남편의 코고는 소리도 술 냄새도 맡지 않고 넓은 침대를 독차지한 채 편히 자려고 했단 말이군요!'

'이보세요, 의사 선생님, 소설 쓰지 마세요, 선생님은 몰라요…….'

'사실, 저는 잠을 잘 잤어요. 몇 년 동안 이렇게 잘 자본 적이 없어요. 아침에 여덟 시가 다 돼서야 일어났거든요. 일어나서 창밖을 봤어요. 바람이 불더군요. 하늘에는 흰 구름, 잿빛 구름, 뭉게구름이 떠가고. 저는 정말 행복했어요. 사람들은 구름이 어떻게 변할지 결코 알지 못한다는 생각을 했어요. 구름은 흩어졌다가―아주 빨리 흘러가기도 하고―한곳으로 모이기도 하고 우리들의 어깨 위로 비라는 형태로 내려앉기도 하잖아요. 저야 상관없지만. 저는 비를 무척 좋아하거든요. 게다가 오늘 아침 제겐 모든 것이 놀라워 보였거든요. 저는 아주 홀가분했어요, 짐을 내려놓은 기분이었거든요, 아주 오래 전부터 짊어지고 있던······.'

'이 사고를 목격한 건 고개를 돌린 바로 그 순간이었어요. 그래서 즉시 선생님한테 전화를 걸었던 거예요.'

'선생님도 전화를 하시려고요? 전화기 여기 있어요. 구급차를 부르시죠. 시체를 가져가도록 해야 하지 않을까요?'

'저를 위해 구급차를 부르시겠다고요? 무슨 말씀이신지? 저는 안 다쳤어요. 아픈 데도 없고, 컨디션도 아주 좋아요. 제 잠옷에 묻은 피는 남편이 피를 뿜는 바람에 묻은 거예요, 그러니까······.'

북역행 기차

버려진 역 근처 공원에는 조각상이 하나 있다.

한 마리 개와 한 남자의 조각상이다.

개는 서 있고, 남자는 무릎을 꿇은 채, 두 팔로 개의 목을 끌어안고, 고개를 약간 숙이고 있다.

개의 시선은 역의 왼쪽으로 끝없이 펼쳐진 들판을 향하고 있다. 남자의 시선은 개의 등 너머로 앞을 똑바로 향하고 있는데, 이미 오래 전부터 기차가 다니지 않아서 잡초로 뒤덮여버린 철로를 바라보는 듯하다. 폐쇄된 그 역이 연결해주던 마을도 주민들에게 버림받았다. 자연과 고독을 사랑하는 몇몇 도시인들은 날씨 좋은 계절에 그곳에 머물기도 하지만, 그들은 모두 자동차를 가지고 있다.

공원을 산책하는 한 노인이 있는데, 그는 개 조각상을 무척 사랑하는 것처럼 끌어안으면서 자신이 그것을 조각했고, 또 그 남자상은 바로 자신이 화석화된 것이라고 주장한다.

그런데 당신이 어떻게 살아 있을 수 있냐고 물으니, 그의 대답은 간단했다. 그는 북역행 기차를 기다리고 있다고 했다.

이제 북역행 기차뿐만 아니라 그 어떤 기차도 더이상 오지 않는다고 그에게 말할 용기가 나지 않는다. 그에게 자동차를 태워주겠다고 제안해보지만, 그는 고개를 젓는다.

"아니오, 자동차로는 안 가오. 역에서 나를 기다리는 사람이 있소."

북역행 기차를 탈 수 있는 아무 역으로든 데려다주겠다고 그에게 거듭 제안해보지만, 그는 역시 고개를 젓는다.

"고맙지만, 사양하겠소. 나는 기차를 타야 하오. 내가 편지에 그렇게 썼으니까, 어머니에게. 그리고 내 아내에게도. 저녁 여덟 시 기차로 가겠노라고 편지에 썼소. 내 아내는 아이들을 데리고 역으로 마중을 나올 것이오. 어머니도 거기서 기다리실 거고. 내 아버지가 돌아가셔서, 어머니는 장례식을 치르기 위해 나를 기다리고 계시오. 내가 장례식에는 꼭 참석하겠노라고 약속을 했소. 나는 아이들과 아내를 다시 만날 생각이오, 내가 예전에……버렸던. 그렇소, 나는 아내와 아이들을 버렸소. 위대한 예술가가 되기 위해서. 나는 그림을 그리고 조각도 했소. 그러나 이제 돌아가고 싶소."

"그런데 당신이 말한 것들—당신 어머니와 아내에게 보냈다는 편지, 당신 아버지의 장례식은 도대체 어느 때 이야기인가요?"

"그러니까……내가 개를 독살했을 때요. 녀석이 나를 못 떠나게 하는 바람에. 녀석이 내 재킷이며 바지를 물고 늘어졌고, 내가 기차에 오르려 하자 울부짖었소. 그래서 난 할 수 없이 녀석을 독살하고 저 조각상 밑에 묻었소."

"그럼 조각상은 그때 이미 저기 있었던 건가요?"

"아니오, 난 그다음 날 저것을 만들었소. 말하자면 녀석의 무덤 위에 조각상을 세운 셈이지. 북역행 기차가 왔을 때, 나는 마지막으로 조각상을 끌어안았는데……그만 나 자신이 그 자리에서 화석이 되어버린 거요. 녀석은 죽어서조차도 나를 놓아주지 않았소."

"그래서 당신은 지금 여기서 이렇게 기차를 기다리고 있군요."

노인은 웃으며 말한다.

"난 당신이 생각하는 것처럼 미친 사람은 아니라오. 난 내가 존재하지 않는다는 걸 잘 알고 있소. 나는 돌이 되어서 내 개의 등 위에 잠들어 있는 거요. 기차가 이제 이곳에 더 이상 오지 않는다는 것도 잘 알고 있소. 내 아버지도 오래 전에 묻히셨고, 어머니도 돌아가셨고, 어느 기차역에서도 나를 기다리지 않으며, 나를 기다리는 사람은 아무도 없다는 것도 잘 알고 있고. 아내는 재혼했고, 아이들은 이미 어른이 되었소. 난 늙었소, 아주 많이. 당신이 생각하는 것보다 훨씬 더. 난 조각상이니 떠날 수도 없소.

이 모든 일은 나와 내 개 사이에서만 통하는 게임이
오. 우리는 이미 몇 년 동안 이 게임을 해왔소. 그리
고 내가 녀석을 알게 된 순간부터 이미 녀석이 이긴
게임이오."

나의 집에서

이것이 이승인가, 저승인가?

나는 집으로 돌아갈 것이다.

밖에서는 나무들이 울부짖을 테지만, 나는 이제
더 이상 그것들을 두려워하지 않을 것이고, 그 도시
의 빛도, 붉은 구름도 두려워하지 않을 것이다.

나는 집으로 돌아갈 것이다. 한번도 가져본 적이
없거나, 있어도 기억을 하기에는 너무 멀리 있는 나
만의 집으로. 사실 나의 집이란 존재한 적이 없었다.

내일 나는 이런 나만의 집을 가지게 될 것이다. 어
느 대도시의 빈민촌에. 그곳이 빈민촌인 이유는 어
떻게 부자가 될지, 언제 부자가 되어 다른 곳으로

갈지 알 수 없는 곳이기 때문이 아닐까?

소도시들에는 볼품없는 집들만 있지만, 대도시에는 나와 같은 사람들로 뒤덮인 음침한 거리가 끝없이 펼쳐져 있다.

이런 거리에서 나는 내 집을 향해 걸어갈 것이다.

나는 바람이 휩쓸고 지나간 이 거리, 달빛을 받아 환한 이 거리를 걸을 것이다.

뚱뚱한 여인들은 바람을 쐬러 나왔다가 내가 지나가는 모습을 말없이 지켜볼 것이다. 나는 만나는 모든 이들에게 행복한 표정으로 인사를 건넬 것이다. 내 발 아래 넘어지는 거의 벌거벗은 어린아이들을 일으켜 세워주며 나의 어린 시절을 회상할 것이다. 어딘가에서 풍요롭고 행복하게 보냈을지도 모를 나의 어린 시절을. 나는 어린아이들이라면 누구라도 머리를 쓰다듬어주고 아주 귀한 빛나는 물건들을 줄 것이다. 술에 취해 도랑에 빠진 남자들도 일으켜 세워주고, 한밤에 울부짖으며 거리로 달려 나온 여자들을 위로해줄 것이다. 그 여자들의 고통을 들어주고 진정시켜줄 것이다.

내 집에 도착했을 때, 나는 몹시 지친 상태일 것이다. 어떤 침대든 간에 아무튼 침대 위에서 잠이 들 것이다. 구름이 떠가듯이 커튼이 바람에 나부끼는 방에서.

그런 식으로 세월은 흘러갈 것이다.

그리고 악몽 같던 내 인생의 장면들이 눈에 선할 것이다.

그러나 나는 이제 그것들로 인해 아파하지 않을 것이다.

나는 늙고 혼자이지만 내 집에 있으니 행복할 것이다.

운하

그 남자는 자기 생명이 빠져 달아나는 것을 바라보고 있었다.

그로부터 몇 미터 떨어진 곳에서 자동차는 아직 불타고 있었다.

땅바닥에는 붉은색과 흰색, 피와 눈, 생리혈과 정액, 그리고 저 멀리에는 햇살 목걸이를 두른 쪽빛 산이 있었다.

그는 생각했다.

'그들이 불을 너무 일찍 켰어. 아직 밤도 안 됐는데. 별들 말이야. 난 그들의 이름을 아직 몰라. 그 이름들을 알았던 적도 없어.'

구토와 현기증. 그는 잠이 들었고, 다시 꿈을 꾸었다. 그가 늘 꾸던 것과 똑같은 바로 그 악몽을 다시 꾸었다.

그는 고향 마을의 거리를 걷고 있다. 아들을 만나려고 애쓰면서. 그의 아들은 그 도시의 어느 집에서 그를 기다리고 있다. 그 집에서 그 자신도 옛날에 아버지를 기다렸었다.

그러나 그는 길을 잃었다. 길을 알아볼 수가 없고, 자기 집과 거리도 찾을 수가 없다.

'그들은 모든 걸 바꿔버렸어, 전부 다.'

그는 중앙광장에 이른다. 그의 주변에 있는 집들은 모두 번쩍거린다. 그것들은 금과 유리로 지어졌고 구름에 닿을 듯이 우뚝 솟아 있다.

'그들이 무슨 짓을 한 거야? 끔찍해라!'

그리고 그는 곧 이해한다.

'그들은 금을 찾았던 거야. 노인들이 말하던 금, 바위들 속에 있는 금, 전설에 나오던 금을. 그들은 그것을 찾아서 황금도시를 건설한 거지. 세상에 하나뿐인 바로 이 악몽의 도시를.'

그는 광장을 떠나 어떤 넓은 구시가에 이른다. 그 곳에는 황폐해진 창고들과 목재 가옥들이 길 양편 으로 늘어서 있다. 도로가 흙길이었기 때문에, 그는 흙의 부드러운 감촉을 즐기면서 맨발로 걷는다.

'드디어 내가 찾던 거리야. 난 찾았어. 길을 잃지 않았어. 여긴 변한 게 하나도 없어.'

그런데 이상한 긴장감이 감돌고 있다.

그가 고개를 돌린 순간, 길 건너편 끝에 있는 퓨마 가 눈에 들어온다. 화려한 모습이다. 베이지색과 황 금색의 조화, 타는 태양 아래 눈부시게 빛나는 비단 결 털.

모두 불타고 있다. 집들도 헛간들도 불타고 있다. 그러나 그는 불타는 두 벽 사이로 계속 걸어가야만 한다. 왜냐하면 퓨마도 걷기 시작했기 때문이다. 그 놈은 품위 있는 걸음걸이로 일정한 거리를 둔 채 그 를 쫓고 있다.

'어디에 숨을 것인가? 출구가 없다. 불 속으로 뛰 어들 것이냐 아니면 놈의 송곳니에 물어뜯길 것이 냐. 아마도 이 길이 끝나는 곳쯤에서? 이 길은 틀림

없이 어딘가에서 끝이 날 것이다. 무한정 계속되지는 않을 테니까. 어느 거리든 끝이 있는 법. 길은 광장으로 통하고, 그 광장은 또다른 거리로 통한다. 사람 살려!'

그는 비명을 지른다. 퓨마가 그의 가까이에, 그것도 바로 뒤에 와 있다. 그는 감히 돌아보지도 못하고, 앞으로 나아가지도 못하고, 발이 땅바닥에 붙은 듯이 꼼짝도 하지 못한다. 그는 퓨마가 자신의 등으로 훌쩍 뛰어올라 어깨에서부터 엉덩이까지를 찢어발기고, 머리를 부숴뜨릴 공포의 순간을 숨죽여 기다린다.

그러나 퓨마는 그를 지나쳐서 태연하게 가던 길을 계속 간다. 퓨마는 방금 전까지만 해도 그 자리에 없던 한 어린아이의 발치에 드러눕고, 아이는 그것의 머리를 쓰다듬어준다.

아이는 겁에 질린 남자를 바라본다.

"이 아이는 사납지 않아요. 내 꺼예요. 무서워할 거 없어요. 이 아이는 고기를 먹지 않고, 영혼만 먹어요."

불길은 잡혔고 불씨도 꺼졌다. 거리는 온통 부드럽고 싸늘하게 식은 재투성이다.

남자의 얼굴에 미소가 번진다.

"혹시 네가 내 아들이니? 날 기다리고 있었니?"

"난 아무도 기다리지 않았지만, 당신이 우리 아버지인 건 사실이에요. 날 따라와요."

아이는 도시의 경계지역으로 그를 안내한다. 그곳에는 자동차 헤드라이트의 강한 불빛을 받아 황금물결을 반짝이는 강물이 흐르고 있다. 바닥에 등을 대고 누워 하늘의 별들을 바라보며 물결에 몸을 맡긴 사람들의 모습이 보인다.

남자는 냉소한다.

"꿈속의 인간들인가? 노인들이야, 그래. 영원한 젊음의 강물 속에 있는 저 사람들은 우리 아버지 어머니가 맞아."

황금빛의 퓨마는 어떤 거대한 건물의 정면 앞에 우뚝 서더니 기지개를 켜며 말한다.

"아니야, 넌 너무 어리석어. 웃지 마. 저건 영원한 젊음의 강이 아니야. 이 도시의 쓰레기를 운반하는 수송망이야. 죽은 자들, 그리고 누구나 제거하고 싶어하는 것들, 즉 양심의 가책, 오류, 포기, 배반, 범죄, 살인 따위를 모두 실어 가지."

"살인 사건이 있었나?"

"그래. 저 모든 것이 구원의 생명수에 떠내려갔어. 그러나 죽은 자들이 되돌아왔고, 바다는 그들을 받아주지 않았어. 바다는 그들을 다른 운하로 돌려보냈고, 그 운하가 그들을 여기로 다시 데려왔지. 그러고 나서 그들은 옛날의 원혼처럼 이 도시 주변을 떠돌고 있어."

"그런데 저들은 행복한 표정이야."

"얼굴이 영원히 공손한 표정으로 굳어져서 그래. 하지만 그들의 기분이 어떤지를 누가 알겠어?"

"넌 알겠지."

"나도 겉모습밖에 볼 수 없어. 인정해."

"뭘 인정한다는 거야?"

"또 하나의 포장으로 둘러싸인 겉모습은 곧 내면이 되고, 그것은 하나의 내면을 인정한 또다른 내면이 겉모습으로 바뀌는 것만큼이나 의심의 여지가 없다는 거."

"무슨 소린지 모르겠어."

"이건 중요하지 않아. 너도 죽을 테고, 그러면 운하로 떨어져 이 도시 주변을 떠돌게 될 거야."

"아니, 난, 난 말이야, 죽으면 별들을 향해 날아갈 거야."

"새들도 죽으면 땅으로 떨어지는 법이야. 더구나 넌 날개조차 없잖아."

"내 아들은?"

"저기 있어, 네 뒤에. 저 애가 널 도와줄 거야."

아이는 가냘픈 손으로 그 남자의 등을 만졌고, 남자는 한마디 비명도 없이 쓰러진다. 그는 더 이상 보이지 않는 별들을 향해 시선을 고정한 채 운하의 물결에 몸을 맡긴다.

아이는 어깨를 으쓱하더니 가버린다.

퓨마가 한숨짓는다.

"대대손손 이런 식이야."

퓨마가 커다란 머리를 앞발 위에 기대자, 그 거대한 건물 전체가 무너져내린다.

어느 노동자의 죽음

쓰다 만 그 음절은 아무 의미도 없이 창문과 화병 사이에 걸려 있었다.

너의 손가락이 침대 시트 위에 힘없이 반쯤 쓰다 만 대문자 N.

"Non!"

너는 죽음이 너를 덮치지 않도록 하기 위해서 두 눈을 부릅뜨는 것만으로 충분하다고 생각했어. 너 는 죽을힘을 다해 눈을 반쯤 뜨고 있었지만, 밤이 오자 어둠의 품에 안겼지.

어제 처음으로 위에 통증을 느꼈을 때에도 너는 지난 토요일에 닦다 만 네 자동차를 생각하고 있었어. 이미 너무 먼 과거가 되어버렸지만.

"암입니다"라고 의사가 말했을 때, 너는 병원 침대의 청결함이 공포스러웠어.

하루가 가고, 한 주가 지나고, 한 달이 지나면서, 너의 손마저 깨끗해졌어. 너의 손톱은 기름때가 빠지고, 더 이상 부서지지도 않고, 관리직의 손톱처럼 길어지고 분홍빛이 되었지.

너는 저녁마다 소리 없이, 흐느낌도 없이 울었어. 흘러내린 너의 눈물은 소리 없이 베개를 적셨지. 공동병실 야간조명등의 푸른빛 때문에 네 옆의 침대의 환자들도 뺨 위 눈 밑에 짙은 그늘이 졌어.

아니야, 넌 혼자가 아니었다.

매일 죽어나가는 사람이 예닐곱은 있었으니까.

공장에서처럼. 너는 거기에서도 혼자가 아니었잖아. 매일 같은 작업을 해야 하는 사람이 스물 내지 쉰 명은 되었으니까.

네가 다니던 공장에서는 시계만 만든 게 아니야. 시체도 만들었지.

공장에서와 마찬가지로 병원에서도, 너희들은 서

로 할 말이 없었어.

넌 말이야, 다른 사람들이 자고 있거나 아니면 이미 죽었다고 생각했어.

다른 사람들 역시 네가 자고 있거나 아니면 이미 죽었다고 생각했고.

아무도 말을 하지 않았어, 너 역시 그랬고.

너는 더 이상 말하고 싶지 않았고, 다만 무엇인가를 회상하고 싶었지만, 그것이 무엇인지 몰랐어.

회상할 게 없었던 거야.

너의 추억, 너의 젊음, 너의 힘, 너의 인생을 공장이 전부 가져가버렸거든. 공장은 네게 피곤함만 남겼어. 사십 년간의 노동은 치명적인 피로감을 남긴 거야.

나는 더 이상 먹지 않는다

너무 늦었다. 나는 더 이상 먹지 않는다. 빵도 신경발작도 거부한다. 고통의 우유공장에 처음 오는 모든 이들에게 주어지는 어머니의 품도 나는 거부한다.

세상물정을 알게 된 이후로 나는 옥수수와 강낭콩을 먹어왔다.

나는 고향 마을의 끝없이 펼쳐진 밭으로 감자를 훔치러 갈 때마다, 이름을 알 수 없는 온갖 요리들을 상상했다.

지금 내 앞에 흰색 냅킨, 크리스털 잔, 은식기가 놓여 있지만, 연어와 노루 엉덩잇살이 너무 늦게 도착했다.

나는 더 이상 먹지 않는다.

저녁식사 때면 나는 나의 손님들을 위해 귀한 포도주를 채운 잔을 높이 들고 건배한다. 우아한 미소를 띠고. 나는 비운 잔을 내려놓고 냅킨의 꽃무늬를 나의 희고 가냘픈 손가락으로 만지작거린다······.

그리고 나는 토끼고기 스튜를 맛있게 먹는 나의 손님들을 바라보며 미소를 짓는다. 그 토끼는 그들의 고향의 좁은 들판에서 내가 직접 잡은 것이다. 사실, 그것은 그들의 반려 고양이이지만.

선생님들

학창시절 몇 년 동안 나는 나의 선생님들에게 매우 큰 애정을 느꼈다. 나는 그들을 존경했고 그들에게서 감동을 받았기 때문에, 학급 친구들이 선생님에게 무례하게 굴 때면 그들을 보호해야 한다고 느꼈다.

　선생님들이 억울하게 받아야 하는 고통을 나는 참을 수가 없었다. 그들이 나쁜 점수를 줄 때조차도. 나쁜 점수 따위는 중요하지 않다. 무엇 때문에 약하고 방어능력이 없는 사람을 괴롭히는가?

　나는 친구들 중에 그런 일에 아주 능숙한 친구를 하나 기억한다. 그는 소리 없이 생물 선생의 뒤로 몰래 들어와서, 선생의 척추에서 신경을 꺼내 우리에게 나눠주었다.

그의 신경으로 많은 것을 만들 수 있었다. 예컨대 여러 가지 악기를. 낡은 신경일수록 소리는 더 섬세했다.

우리 수학 선생님은 생물 선생님과 아주 달랐다. 그의 신경은 도무지 쓸모가 없었다. 그 대신, 그에게는 완벽한 대머리가 있었다. 그의 대머리는 컴퍼스로 그린 원처럼 완벽한 원형이었다.

무례하고 무식한 나의 친구들은 당연히 내가 그린 원들을 겨냥하는 것 외에는 더 좋은 장난을 생각해내지 못했다. 그들은 앞서 말한 신경을 가지고 만든 새총으로 은밀하게 그 원들을 겨냥했다. 그때 선생은 칠판에 피타고라스의 정리를 설명하기 위한 직각삼각형을 그리려고 우리에게서 등을 돌리고 있었다.

우리의 재주 많은 문학 선생님에 대해서도 몇 마디 해야겠다. 남의 학창시절 추억을 들어주는 것이 얼마나 따분한 일인지를 나도 잘 알기 때문에 간단히 하겠다.

한번은 그 선생님이 내 머리를 향해서 분필을 던졌다. 내게 아침마다 조는 습관이 있었기 때문이다. 나는 그런 식으로 잠을 깨는 것이 무서웠지만, 전혀 불쾌하지는 않았다. 선생님들과 분필에 대한 나의 애정이 두터웠으므로. 당시에 나는 칼슘이 부족해서 분필을 엄청 많이 먹고 있었다. 그래서인지 열이 나곤 했지만, 그걸 핑계로 학교를 빠지는 일은 절대로 없었다. 다시 한번 말하지만, 나는 선생님들, 특히 재능이 아주 뛰어나신 문학 선생님을 무척 좋아했다.

그래서 그의 어떤 시가 학생들에게 야유를 받은 이후, 이 가엾은 선생에 대한 동정심에 사로잡힌 나는, 정확히 낮 12시 30분에, 학교 옆 공원에서, 여자아이들이 잊어버리고 두고 간 줄넘기로 그의 고통을 끝내주었다.

나의 이런 인간적인 행동은 7년의 감옥살이로 보상받았다. 그런데 나는 그 행동을 후회해본 적이 없다. 감옥에서 보낸 7년 동안 나는 온갖 종류의 교육을 원 없이 받았고, 간수들을 향한 나의 애정과 교도소장에 대한 나의 감동은 몹시 컸다.

그러나 이것은 또다른 스토리다.

작가

나는 본격적으로 글을 쓰기 위해서 은퇴했다.

나는 위대한 작가다. 하지만 아직 아무것도 쓰지 않았기 때문에 아무도 그 사실을 모른다. 내가 일단 나의 책을, 나의 소설을 쓰기만 하면…….

내가 공무원직과 또……뭘 버렸더라? 아니다, 더 이상은 없다. 아무튼 일을 그만둔 것은 바로 글쓰기를 위해서다. 사실 나는 남자친구는 물론 여자친구도 가져본 적이 없다. 그래도 나는 위대한 소설을 쓰기 위해 속세도 떠났다.

그런데 문제는 내 소설의 주제를 나도 모르겠다는 것이다. 이미 다른 소설가들이 온갖 주제들을 다

다루었다.

나는 내가 위대한 작가라고 생각하지만, 어떤 주제도 나의 재주를 충분히 발휘할 수 있을 만큼 위대하지도 흥미롭지도 않아 보인다.

그래서 나는 기다린다. 기다리는 동안, 나는 고독과 싸우고, 때로는 배고픔과 싸워야 한다. 그러나 내 재주에 걸맞은 어떤 주제를 찾아내도록 도와줄 영혼의 상태에 이르려면 바로 이런 고통을 겪어야 한다.

불행하게도, 주제는 빨리 떠오르지 않고, 나의 고독은 점점 무겁고 깊어만 가고, 침묵이 나를 에워싸고, 사방에 공허감이 떠돌지만, 내게는 그렇게 중요하지 않다.

그러나 이 공포스러운 세 가지 요소들, 즉 고독과 침묵과 공허가 폭발해서 내 집 지붕을 뚫고, 별에까지 다다르고, 우주의 무한대를 향해 뻗어나간다. 나는 이제 더 이상 그것이 눈인지 비인지, 뤈인지 열대 계절풍인지 모른다.

나는 글을 쓴다.

"나는 모든 것을 쓸 것이다. 내가 쓸 수 있는 모든 것에 대해서."

누군가가 비웃으며 내게 대답하지만, 또다른 목소리는 이렇게 말한다.

"좋아, 내 아들아. 모든 것이야, 더 이상은 아니야, 알았지?"

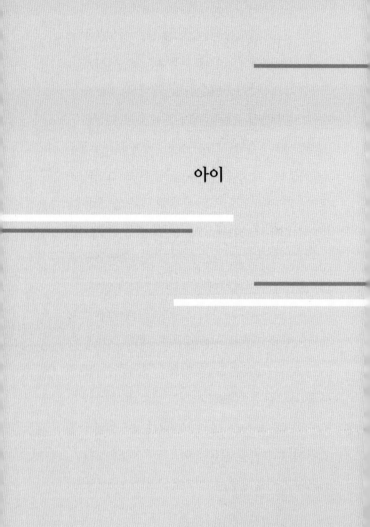

아이

그들은 어느 카페의 야외 테라스에 앉아 있다. 그들은 지나가는 사람들을 바라본다. 사람들은 습관처럼, 누구든 간에 그래야 하는 것처럼 어쨌든 지나간다. 사람들은 차례차례 지나가는 것을 좋아한다.

나는 어슬렁거린다. 그들의 뒤를 따라서. 화를 내기도 하고, 멈추기도 하고, 침을 뱉기도 하고, 울기도 하다가, 인도의 가장자리에 주저앉아서 지나가는 사람들 모두에게 혀를 내밀어 보이기도 한다.

"넌 버릇이 없구나." 지나가는 사람이 말한다.

"그래, 넌 우리를 부끄럽게 만드는구나." 나의 부모가 말한다.

그들 역시 나를 부끄럽게 만든다. 그들은 나에게 총을 사주지 않는다. 내가 원하는 멋진 총을. 그리고 그들은 이렇게 말한다.

"그건 좋은 장난감이 못 돼."

그렇지만 나는 아버지가 군인이었던 것을 기억한다. 아버지는 총을, 그것도 진짜로 사람을 죽이는 총을 가지고 있었다. 그러나 내가 어린아이들을 위한 멋진 총을, 즉 사냥놀이도 하고 게임도 할 수 있는 인디언 총을 갖고 싶어하자, 그들은 그것이 아주 저질 장난감이라면서 내게 팽이를 사주었다.

나는 인도 가장자리에 앉아 있다. 나는 일어나서 화를 내기도 하고 울기도 하고 침도 뱉고 소리도 지른다.

"당신들은 버릇이 없어, 나를 부끄럽게 만든다고. 왜냐고? 당신들은 거짓말을 하고, 친절한 척하고! 내가 크면, 당신들을 다 죽여버릴 거야!"

집

그는 열 살이었다. 그는 인도에 앉아서 가구와 궤짝들을 실은 트럭을 바라본다.

"저 사람들 뭘 하는 거지?" 그는 자기 옆에 와 앉는 어떤 친구에게 물었다.

"뻔하지! 이사하는 거잖아." 그 친구가 말한다. 나는 이삿짐 센터 직원이 되고 싶다. 그건 멋진 직업이다. 힘이 세야 한다.

"저 사람들이 다른 집에서 살게 될 거란 말이야?"

"물론이지, 이사를 가면."

"가엾은 사람들. 그들에게 불행이 닥친 거지?"

"왜 불행이야? 그 반대지. 저 사람들은 더 크고 더

좋은 집으로 가는 거야. 내가 그들이라면 아주 만족할걸."

그는 돌아가서 공원의 잔디밭에 앉아 울었다.

"말도 안 돼. 살던 집을 떠나 다른 집으로 가는 건 누군가를 죽였을 때만큼이나 슬픈 일이야."

그는 열다섯 살이 되었을 때 그 도시를 떠났다. 겨울이었다. 기차를 탄 그는 차창을 통해서 자신의 어린 시절이 뒤쪽으로 멀어지는 것을 바라보았다. 그러고는 미소 지으며 어머니에게 말했다.

"그곳에서도 건강하시길 바라요."

그러나 6월 초 어느 일요일 그가 옛집을 다시 찾았다.

겸손하고 과묵한 어린 소년을 항상 사랑해주었던 장애인 이웃은 그를 다시 보고 무척 좋아했다.

"앉아서 얘길 좀 해봐라, 대도시에 가서 뭐가 된 거냐."

"여긴 바뀐 게 하나도 없군요." 소년은 단칸방을

힐끗 보며 덧붙였다. "앞뜰로 나가도 될까요?"

한 발짝만 움직이면 울타리 너머에 그의 옛집이 있었다.

무르익고 햇볕에 시든 딸기 냄새가 진동했다.

그는 앞으로 나아가서 그 집을 살펴보았다.

"넌 피곤해 보이는구나. 그런데 넌 내가 돌아올 거라는 걸 곧 알게 될 거야." 그는 집에 대고 말했다.

그때부터 그는 매주 옛집을 방문해 집에 말을 걸었다.

"너도 나만큼 괴롭지?" 어느 날 오후, 그는 집에게 물었다. 가을비가 사정없이 낡은 집의 잿빛 담장을 후려치고 창문들이 바람에 흔들리고 있었다.

"울지 마. 너를 영원히 돌아오게 해줄게." 그는 흐느껴 울면서 소리쳤다.

한 남자가 창가로 와서 상반신을 내밀고 냉정한 시선으로 정원을 바라보았다.

"누가 있어." 고통으로 넋이 나간 소년이 속삭였다. "너는 또다른 사람을 데려왔군. 이제 더 이상 나를 사랑하지 않는구나. 난 저 사람이 싫어!"

창문은 둔탁한 소리를 내며 다시 닫혔다. 기차가 출발해서 버려진 들판을 가로질러 가버렸다.

곧이어 대양이 그들을 갈라놓았고, 다음에는 세월이 그들을 갈라놓았다.

소년은 더 이상 소년이 아니고, 어른이 되었다.

세월과 대양, 대도시의 조명들, 하늘을 찌를 듯이 솟아 있는 빌딩들이 밤새 그에게 속삭였다.

"너는 알지, 네가 나로부터 얼마나 멀리 있는지, 넌 알아."

얼굴들, 수많은 얼굴들, 똑같은 얼굴들, 소음, 무분별하고 너무 단조로워서 침묵을 닮은 소란, 그리고 괘종시계들, 종소리들, 자명종들, 전화들, 소리나지 않게 쿠션을 댄 문들, 엘리베이터에서의 속삭임, 웃음소리, 광기 어리고 참기 힘든 음악 소리.

이 모든 것 너머로 체념한 듯한 우스꽝스러운 목소리. 아주 멀리서 들려오는 슬프고 늙은 목소리가 있다.

"넌 내게서 얼마나 멀리 떨어져 있는지 너 스스로도 잘 알아. 넌 나를 버린 거야, 잊어버린 거라고."

어린 소년은 이제 부자 어른이 되었다. 그는 자기가 처음 가졌던 집을 다시 짓기로 결심했다. 그는 이미 여러 채의 집을 가지고 있었다. 한 채는 바닷가에, 또 한 채는 부자 동네에, 그리고 별장은 산속에 있다. 그러나 그는 맨 처음 가졌던 바로 그 집을 갖고 싶었다.

그는 건축가에게 의뢰하면서 자신의 어린 시절 집을 어렴풋이 설명했다.

건축가는 미소 지었다. 사람들은 계속해서 현실성 없는 작품을 의뢰한다고 했다.

"내게는 구체적인 치수가 필요합니다. 정확한 숫자 없이는 일을 할 수가 없습니다."

"아, 알겠어요. 글로 쓰도록 하지요. 측정할 수 있게요. 중요한 건 베란다와 담장 위로 기어올라가는 포도넝쿨입니다. 포도송이와 나뭇잎 위의 흙먼지도 잊지 마시고요."

그 집이 완성되었을 때, 그는 만족했다.

"그래요. 정확히 똑같아요."

그는 미소 짓고 있었지만, 시선은 공허했다.

며칠 뒤, 그는 누구에게도 아무 말도 남기지 않은 채 떠나버렸다.

이곳에서 저곳으로, 이 도시에서 저 도시로, 비행기와 배와 기차를 타고 돌아다녔다.

그는 계속해서 그와 아무 관계도 없는 다른 곳을 찾아다녔다. 대도시의 차가운 불빛은 아름답지만 냉정했다. 그것들을 사랑할 엄두조차 내기 힘들 정도로.

"나는 복제를 하도록 시켰지, 우습게도. 마치 우리가 알고 있던 것을 복제해낼 수 있는 것처럼."

그 집과 공통점이라고는 전혀 없는 대형 호텔. 카펫이 깔린 계단, 카펫이 깔린 복도.

"손님께 편지가 왔습니다."

그는 엘리베이터에서 편지를 뜯었다.

당신은 왜 떠났어요?

충격이다. 하지만 집들은 편지를 쓰지 않는다. 이건 아내가 보낸 편지였다.

당신은 왜 떠났어요?

글쎄, 왜 그랬을까?

편지는 테이블 위에 놓여 있다. 다음 날, 기차들은 지친 몸을 이끌고 소리를 내지르며 더 멀리 가기 위해 철로 위를 질주할 것이다.

철로는 너무 지쳐서 탁 트인 평야에서 멈춘다. 기계 고장이다.

한 남자가 일등 침대칸에서 나온다. 아무도 그에게 주의를 기울이지 않는다. 그는 비탈길을 내려가서, 버려져서 진흙구덩이가 된 밭으로 들어간다. 기차는 다시 출발한다. 기차 소리가 멀어지자, 그 남자는 중얼거린다.

"넌 너무 피곤해 보여. 하지만 넌 내가 다시 돌아왔다는 걸 알게 될 거야."

그의 앞에 낡은 집 한 채가 꼼짝도 하지 않고 서 있다.

"넌 아름다워."

그의 주름진 손가락들이 쓰러져가는 담장을 쓰다

듣는다.

"이봐, 난 두 팔 벌려 너를 끌어안을 거야. 내가 사랑한다는 생각조차 안 했던 여자를 끌어안듯이."

그 집 베란다 아래에 한 소년이 달을 쳐다보며 나타났다.

남자는 소년에게 다가가서 말했다.

"난 널 사랑해." 그가 이런 진부한 표현을 쓴 것은 그때가 처음인 듯했다.

소년은 냉정한 시선으로 그를 뚫어지게 바라보았다.

"애야, 넌 왜 달을 쳐다보니?" 그가 물었다.

"난 달을 본 게 아니야, 달을 보지 않았다고. 난 미래를 본 거야." 아이는 짜증난 목소리로 대답했다.

"미래를? 미래, 난 거기에서 왔어. 그런데 그곳에는 버려져서 진흙구덩이가 된 밭밖에 없더라." 남자가 말했다.

"당신은 거짓말을 하고 있어. 거짓말이야. 거기에는 눈부신 조명과 돈과 사랑, 그리고 꽃이 만발한 정원이 있어!"

"내가 거기서 왔다니까. 거기에는 버려져서 진흙 구덩이가 된 밭밖에 없어." 남자가 부드러운 목소리로 똑같은 말을 되풀이했다.

그러자 아이는 그것을 인정하면서 울기 시작했다. 남자는 부끄러웠다.

"너도 알다시피, 그건 내가 떠났었기 때문인지도 몰라."

"아! 다행이야. 난 절대로 안 떠날 거야."

여자는 베란다 아래 앉아 있는 노인을 보자 비명을 질렀다. 그는 그 소리를 듣고도 꼼짝하지 않았다. 그렇지만 그는 아직 죽지 않았다. 그냥 거기에 앉아서 미소를 지으며 하늘을 바라보고 있을 뿐.

나의 누이 린, 나의 오빠 라노에

"나의 누이 린, 나는 거리를 방황하고 있어, 난 너에게 그런 사실을 감히 말하지 않지만, 너도 잘 알고 있겠지, 나의 누이, 나의 사랑, 너의 입술, 너의 귓바퀴, 나의 누이 린, 나에게 다른 여자는 없어, 오직 너뿐이야, 나의 누이 린, 난 너를 어린 시절부터 보아왔어, 벌거벗은 모습을. 가슴도 없고, 체모도 없었어. 내가 본 것은 너의 엉덩이뿐이야. 나머지는 나를 닮은 모습이지. 나의 누이 린, 세월이 흘렀어. 내게 밀착된 너의 엉덩이를, 너의 당혹스러워하는 얼굴을, 울음을 참느라고 떨리는 너의 입술을 느끼다니 난 미친 거야. 린, 나의 누이 린. 오늘 나는 세

탁물들 사이에서 너의 피 묻은 팬티를 보았어. 너는 여자가 된 거야. 오, 나의 누이 린, 나는 이제 너를 팔아야 해!"

"나의 오빠 라노에, 그렇게 해서 그 일이 일어난 거야? 라노에 오빠, 오빠는 그날 저녁에 집을 떠났어. 나는 그대로 남아 있었지, 노인네들과 함께. 나는 오빠가 없어서 무서웠어. 한참 뒤에 그들은 잠자리에 들었어, 그 노인과 노파 말이야. 오빠는 돌아오지 않았어. 나는 창가에서 오랫동안 기다렸지. 오빠가 다른 남자와 함께 돌아올 때까지 기다렸어. 오빠와 그 낯선 남자는 내 방으로 들어왔어. 그리고 나는 오빠가 원하는 대로 뭐든 다 했어. 나는 여자야, 라노에 오빠. 내가 오빠와 그 남자에게 뭘 해줘야 하는지 알고 있어. 나는 그것을 기꺼이 하겠어, 라노에 오빠. 나는 아무에게나 내 몸을 내주고 싶거든. 그러나 노인들이 잠든 동안에는 내 손을 잡아줘. 다른 남자가 나를 차지하고 있는 동안에는 내 머리를 쓰다듬어줘. 날 사랑해줘, 라노에, 나의

오빠, 나의 사랑, 사랑하지 않으려거든 내 목을 졸
라줘."

아무튼

위로, 아래로, 푸른색 머리들, 담장 위의 쇠침들.

누군가가 무슨 노래를 부른다. 아무튼, 그것은 아름다운 노래는 아니고, 아주아주 오래되고 슬픈 노래다.

"그러면 내일은? 넌 일어나서 어딜 갈 거니?"

"아무 데도. 아니면, 어쨌든 어딘가로 갈지도 모르고."

아무튼, 어딜 가도 편치 않다. 그러나 종소리가 울리고 괘종시계 소리가 들려서 잠들기가 어렵다.

"손수건을 펴주세요, 선생님. 저는 무릎을 꿇고

앉고 싶습니다."

"그러시죠."

전차에 두 사람이 있었다. 하나는 종을 울렸고,
다른 한 사람은 구멍을 팠다.

종점에서 내리는 사람은 아무도 없다.

그렇지만 모든 전차가 거기까지 가서야 멈춘다.

거기에서는 더 이상 탈 사람도 없다.

아무튼.

그들은 서로 무릎을 맞대고 대화를 나눈다.

"나와 이야기를 나누시겠습니까?"

"난 당신이 기도를 하시려는 줄 알았습니다."

"끝났습니다."

"오, 그게 별개의 일이군요. 그러면 돌아갈 수 있
겠어요. 내일 전화드리겠습니다."

"무슨 소식이 있습니까?"

"아이들은 어떻게 지냅니까?"

"감사합니다. 아이들 중 아픈 아이 둘만 집에 있
고, 큰 애들은 가게에 갔습니다. 몸을 덥히러. 당신

아무튼   67

의 집은 어때요?"

"별일 없습니다. 우리 집 강아지가 깨끗해졌고, 우리는 신용카드로 가구들을 샀습니다. 이따금 눈이 오고요."

우편함

나는 우편함을 하루 두 번 수거한다. 오전 11시와 저녁 5시. 우체부는 그보다 약간 일찍 왔다 간다. 아침에는 9시부터 11시 사이에 좀 불규칙적으로 오고, 오후에는 4시경에 거의 정확히 온다.

나는 항상 최대한 늦게 우편함을 확인한다. 우체부가 지나간 것이 확실한 시간에. 그렇지 않으면 공연히 '우체부가 아직 안 왔을지도 몰라'라는 헛된 희망을 품게 되고, 나중에 한번 더 확인하러 내려가야 할지도 모르기 때문이다.

당신은 벌써 우편함이 빈 것을 확인했는가?

물론. 이런 일은 누구나 마찬가지이다. 그러나 전

혀 상관하지 마십시오. 우편함이 비어 있든, 무엇인가가 들어 있든 당신에게는 매한가지입니다. 들어 있어봤자 장모의 편지나 미술전람회 특별 초대장이나 바캉스를 떠난 친구의 엽서일 테니까.

나는 장모가 없다. 아내가 없으니 장모가 있을 리 없다.

부모도, 형제자매도 가져본 적이 없다.

가족이 있는지 없는지조차도 모른다.

나는 보육원에서 태어났다. 물론 거기서 태어나지는 않았겠지만, 세상에 대해 기억을 가지기 시작한 순간부터 나는 보육원에 있었다.

처음에 나는 그것이 당연한 일인 줄 알았다. 약간 못된 좀 큰 아이들이 우글거리고, 그 큰 아이들로부터 우리같이 어린아이들을 보호해주는 어른들이 존재하는 그곳의 생활, 그것이 인생인 줄 알았다. 그곳 외의 다른 곳에도 아이들이 있고, 그들은 부모형제, 소위 말하는 가족과 함께 산다는 것을 나는 상상도 하지 못했다.

한참 뒤에야 나는 그런 다른 세계의 아이들을 만

날 수 있었다. 부모형제와 함께 산다는 아이들을.

그때부터 부모를 상상하기 시작했고, 나도 틀림없이 부모가 있을 거라는 생각을 했다. 아이들이 양배추에서 생겨나지는 않을 테니까. 그리고 나에게도 형제자매가 적어도 한 명은 있지 않을까라고 생각했다.

그래서 나는 우편함에 희망을 걸기로 했다.

말하자면 어떤 기적을 기다리는 셈이다. 예를 들면, '자크야, 마침내 널 찾았구나. 난 네 형 프랑수아야' 같은 내용의 편지가 올지도 모르지 않는가.

혹시 '자크야, 마침내 널 찾았구나, 난 네 누나 안–마리야'라는 편지가 온다면, 나야 물론 더욱 좋겠다.

그러나 프랑수아도 안–마리도 나를 찾지 않았다.

나 역시 그들을 찾지 못했고.

나는 어머니나 아버지의 편지만 와도 만족할 것이다. 내가 아직 젊은 것으로 봐서, 그들도 아직 살아 있지 않을까. 그렇다면 그들이 내게 편지를 보낼지 누가 알겠는가.

어머니로부터,

'사랑하는 자크야, 네가 성공했다는 소식 들었다. 진심으로 축하한다. 네가 태어나던 당시에 나는 너무 가난하고 비참한 상황이었단다. 그러나 나는 지금 네가 잘 살고 있다는 걸 알게 되어 무척 기쁘다. 내가 너를 보호하고 충분히 교육시키지 못한 것은 네 아버지 때문이란다. 내가 너를 영원히 내 품에서 기르고 싶다는 간절한 소망을 품었음에도 불구하고, 네 아버지는 너와 나를 버렸단다.

이제 나는 늙었다. 나이가 많다 보니 아무도 일거리를 주지 않는구나. 그래서 비참한 생활을 하고 있는데, 네가 돈을 좀 보내줄 수 있겠니? 너를 사랑하고 너를 종종 생각하는 너의 엄마가.'

아버지로부터,

'사랑하는 아들아, 나는 항상 아들을 하나는 가지고 싶었단다. 그런데 네가 그렇게 성공을 했다니 더없이 기쁘구나. 네가 자랑스럽다. 네가 어떻게 성공했는지는 모르겠다만, 나는 성공이란 걸 해본 적이 없구나. 갤리 선의 노예처럼 평생 일을 했는데도 말이다.

네 엄마가 너를 임신했다는 말을 들었을 때, 나는 배를 타고 떠나서 항구와 선술집에서 살았단다. 어딘가에 내 아내와 아이가 있지만 돈이 없어서 같이 살 수 없다는 생각에 무척 불행했다. 그래서 몇 푼 안 되는 돈을 벌어도 그나마 술 마시는 데 다 써버렸어. 너와 네 엄마를 생각하면 괴로우니까. 이제 나는 술과 불행으로 지쳤단다. 힘이 없어서 배에서 일도 못 하고, 항구에서 할 수 있는 허드렛일을 하며 살고 있다. 그러니 네가 여유가 있다면 내게 돈을 좀 보내주면 좋겠구나. 언제나 환영이다. 평생 너만을 생각하는 네 아빠가.'

나는 이런 종류의 편지를 기다리고 있다. 그들을 도와주러 달려가는 일이 얼마나 기쁠지, 그들의 부름에 답하는 일이 얼마나 행복할지를 상상하면서.

그러나 그런 편지는 한 통도 오지 않았다. 전혀. 오늘 아침까지만 해도.

그런데 오늘 아침에 한 통의 편지가 왔다. 이 도시의 큰 하청업체들 중 한 곳에서 온 것이었다. 낯익은 이름이었다. 나는 일거리가 생겼다는 사무적인 편지일 거라고 생각했다. 나는 실내장식업자이다. 그러나 편지는 이렇게 시작되었다.

나의 아들에게,

너는 내가 젊은 시절에 저지른 실수의 산물일 뿐이다. 그러나 나는 책임을 졌다. 너의 엄마에게 좋은 환경을 만들어줌으로써, 일하지 않고도 너를 키울 수 있게 해주었다. 그런데 네 엄마는 내 돈만 받아 가로채고 자신의 무절제한 생활을 계속하기 위해서 너를 보육원에 보냈더구나(네 엄마는 10여 년 전에 죽을 것으로 알고 있다).

나는 사람들의 이목 때문에 너를 직접 맡아 키울 수 없었다. 이미 한 가정의 가장이었으니까.

아무튼 내가 너를 한시도 잊은 적이 없고, 간접적으로나마 항상 너를 지켜주려 노력하고 있다는 사실만 알아주기를 바란다(네 학비, 미술학교 기숙사비는 다 내게서 나온 돈이었다).

너 자신이 어려움을 극복하고 잘 헤쳐왔다는 점을

인정한다. 그리고 축하한다. 그건 네가 나에게서 물려받은 유산이다. 나도 무일푼에서 시작했으니까 말이다.

불행히도, 나는 다른 아들은 없고, 딸들뿐이다. 그리고 사위들은 무능하다.

이젠 나도 늙었고 체면 따위는 중요하지 않다. 그래서 난 내 사업을 네게 맡기기로 결심했다. 나는 지쳤고 휴식이 필요하다.

그러니 제발 내 사무실로 와주기를 바란다. 주소는 편지지 상단에 있다. 5월 2일 15시에.

네 아빠가.

끝에는 서명이 있었다.

이것이 바로 내가 지난 30년간 기다렸던 아버지로부터의 편지 내용이다.

그는 내가 5월 2일 15시에 기꺼이 그의 사무실을 방문하리라고 확신하고 있다.

5월 2일까지는 열흘이 남았다.

오늘 저녁, 나는 공항에서 인도행 비행기를 기다리고 있다.

왜 인도냐고?

어디든 상관없다. 나의 '아버지'라는 사람이 나를 찾을 수 없는 곳이라면.

잘못 걸려온 전화

내 전화번호에 무슨 문제가 있는지 모른다. 아마도 내 전화번호와 비슷한 번호가 많으리라는 짐작은 간다. 그렇다고 불평을 하자는 것은 아니다. 전화가 걸려올 적마다 나의 단조로운 생활이 활력을 얻는다는 장점도 있으니까. 실직 이후 나는 가끔씩 따분할 때가 있다. 항상 그런 건 아니지만. 하루하루가 놀라울 정도로 빨리 지나간다. 하루가 이렇게 짧은데 어떻게 하루에 여덟 시간씩이나 일을 할 수 있었는지 궁금해질 정도다.

반대로, 저녁 시간은 너무 더디게 가고 조용하다. 그래서 이런 때 오는 전화는 반갑다. 너무 자주, 거의 매번 잘못 오는 전화이기는 하지만.

사람들은 왜 그렇게 주의력이 부족한지.

"랑트만 자동차 정비공장인가요?"

"아닙니다, 감사합니다. 잘못 거셨습니다." 나는
당황해서 대답한다(말끝마다 감사합니다를 붙이는
버릇을 고쳐야 할 것 같다).

"이런, 맙소사. 세리에르와 아뢰즈 사이 고속도로
에서 차가 멈춰버렸어요." 저쪽에서 남자의 목소리
가 들려온다.

"유감입니다만, 저는 도와드릴 수가 없군요." 내
가 그에게 대답한다.

"랑트만 정비공장이 아니면 거긴 도대체 어디란
말입니까?" 저쪽 남자가 짜증을 낸다.

"죄송합니다, 랑트만 정비공장이 아니라서. 혹시
제가 도와드릴 수 있다면……."

나는 여전히 친절하게 전화를 받으려 애쓴다. 그
래봤자 아무 소용도 없지만. 누가 알겠는가. 때로는
친구가 되기도 하니까.

"그러면, 휘발유 한 통만 가져다주실 수 있겠습

니까?"

그의 목소리에는 정말 희망이 담겨 있다. 이게 웬 떡이냐 싶었던 모양이다.

"유감이네요, 휘발유가 없어서. 불붙일 알코올은 좀 있어요."

"불이나 붙이쇼, 빌어먹을!" 그는 전화를 끊었다.

전화를 잘못 건 부류들은 대개 이런 식이다. 원하는 것을 당신에게서 얻을 수 없다고 판단하는 순간, 당신에게 관심을 두지 않는다. 이왕에 건 전화이니 몇 마디 대화를 나눌 수도 있으련만.

좀더 재미있는 잘못 걸려온 전화도 있었다. 나는 오랫동안 전화벨이 울리도록 내버려두었다. 그때 나는 너무 비관주의에 빠져 있었다. 상대는 여자였다. 밤 10시쯤이었다.

나는 고뇌를 감추고 덤덤한 목소리로 전화를 받았다.

"여보세요?"

"마르셀?"

"네?" 나는 조심스럽게 되물었다.

"오우! 마르셀, 널 얼마나 오래 찾았다고."

"나도."

정말로, 나는 오래 전부터 그녀를 찾았다.

"너도? 그럴 줄 알았어. 너 기억하지? 호숫가 말이야."

"아니, 기억 안 나는데?"

나는 원래가 정직하고 남 속이는 걸 싫어하는 성격인지라 그렇게 대답하고 말았다.

"뭐? 기억 안 난다고? 너 취했었니?"

"그럴지도 모르지. 난 종종 잘 취하거든. 하지만 난 마르셀이 아니야."

"물론이야. 나도 이제 플로랑스가 아니야."

좋다, 일은 이미 끝났다. 나는 그녀가 어떻게 나올지 알고 있다. 내가 수화기를 내려놓으려는 참에 그녀가 불쑥 말했다.

"사실이에요, 당신은 마르셀이 아니에요. 하지만 당신 목소리가 참 좋군요."

갑자기 나는 할말을 잃었다. 그녀가 계속 말했다.

"아주 유쾌하면서도 깊이가 있고 부드러운 목소

리예요. 당신을 한번 만나보고 사귀고 싶어요."

나는 여전히 할 말이 없었다.

"듣고 계세요? 왜 말을 안 하시죠? 내가 전화를 잘못 건 거 알아요, 당신은 마르셀이 아니에요. 당신은 자기 이름이 마르셀이라고 내게 말했던 그 남자가 아니에요."

내 쪽에서는 여전히 침묵뿐.

"듣고 계세요? 당신 이름은 뭐지요? 난 가랑스라고 해요."

"플로랑스가 아닌가요?" 내가 그녀에게 물었다.

"오, 아니에요, 가랑스입니다. 당신은요?"

"나요? 뤼시앵." (사실은 아무 이름이나 댄 것이지만, 가랑스 역시 마찬가지일 거라고 난 생각한다.)

"뤼시앵? 좋은 이름이네요. 우리 정말로 만나볼까요?"

나는 아무 말도 하지 않았다. 이마에서 흐른 땀이 눈으로 들어갔다.

"재미있을 것 같지 않아요?" 가랑스가 말했다.

"글쎄요."

"결혼은 안 하셨겠지요?"

"네, 결혼했어요. 네." (내가 결혼을 했다니? 이건 또 무슨 소리!)

"그러면?"

"아뇨." 나는 대답했다.

"아니라니요?"

"당신이 원하시면 만날 수 있어요."

그녀가 웃었다.

"당신은 소심한 사람인가 봐요. 난 소심한 사람을 좋아해요(그래서 애인을 마르셀을 나로 바꾼 모양이다). 그럼, 내가 제안을 하지요. 내일 오후 4시에서 5시 사이에 테아트르 카페에서 볼까요? 내일은 토요일이니까 직장은 쉬시지요?"

그녀는 바로 맞혔다. 나는 토요일에 일하지 않는다. 물론 다른 날들에도 안 하지만.

"나는 체크무늬 스커트하고 잿빛 블라우스, 그리고 검은색 카디건을 입고 나갈게요. 아마 쉽게 찾으실 수 있을 거예요. 머리는 갈색이고 단발이에요. 참 (나는 그저 듣기만 한다), 빨간색 표지의 책을 테이블 위에 놓아둘게요. 당신은요?"

"나요?"

"네, 내가 당신을 어떻게 알아보죠? 키가 큰가요, 작은가요, 마른 편인가요, 뚱뚱한 편인가요?"

"나요? 당신이 바라는 대로죠. 적당한 키에 뚱뚱하지도 마르지도 않았답니다."

"구레나룻이 있나요? 콧수염을 길렀나요?"

"아닙니다. 아무것도 없습니다. 나는 매일 아침 열심히 면도를 합니다(사실은 경우에 따라 3−4일에 한 번 한다)."

"청바지를 입고 나오실 건가요?"

"물론이죠(이건 사실이 아니지만, 그녀는 그렇게 하는 걸 좋아할 듯하다)."

"그리고 검은색 헐렁한 터틀넥 스웨터를 입으실 것 같아요."

"아 그래요, 검은색을 자주 입죠." 나는 그녀를 기쁘게 해주기 위해 그렇게 대답했다.

"머리는 짧은 편인가요?" 그녀가 물었다.

"네, 짧은 머리예요, 아주 짧지는 않고요."

"금발인가요, 갈색인가요?"

나는 이제 짜증스러워졌다. 나는 갈색과 잿빛의 중간색 머리이지만, 사실대로 말하지 않았다.

"밤색이죠."

그게 마음에 들지 않는다면, 어쩔 수 없다. 아무리 생각해봐도 차라리 약속이 어긋나는 편이 나을 것 같았다.

"그건 좀 애매하네요. 하지만 당신을 찾을 수 있을 거예요. 아니면 좀더 확실하게 신문을 옆구리에 끼고 나오실래요?"

"무슨 신문을 가져갈까요?" (그녀가 오버를 한다. 사실 나는 신문이란 걸 읽어본 적도 없는데.)

"「누벨 옵세르바퇴르」어때요?"

"그러죠.「누벨 옵세르바퇴르」를 가져가죠." (나는 그게 뭔지도 모르지만 한번 찾아볼까 한다.)

"그럼 내일 봐요, 뤼시앵." 그녀는 작별인사를 하고 전화를 끊으려다가 한마디 더 보탠다.

"재미있을 것 같아요."

재미있을 거라고! 그런 말을 쉽게 하는 부류들이

있다. 나는 절대로 그런 말을 할 수 없을 것 같다. 내게는 쓸 수 없는 말들이 많다. 예를 들면 '재미있다', '흥분된다', '시적이다', '영혼', '고통', '고독' 등등. 요컨대 나는 그런 말들을 입 밖에 내지 않는다. 나는 그런 말을 하는 것이 부끄럽다. '빌어먹을', '개자식', '창녀', '구역질 나는' 따위와 같이 조잡하고 천박한 말들을 할 때와 마찬가지로.

다음 날 아침, 나는 청바지와 검은색 터틀넥 스웨터를 샀다. 점원은 그 옷들이 내게 아주 잘 어울린다고 말했지만, 나는 그런 옷이 익숙하지 않았다. 미용실에도 갔다. 염색을 해달라고 했다. 진한 밤색으로. 최악의 경우, 머리를 망치면 약속에 나가지 않을 작정이었다. 그러나 망치지는 않았다. 내게는 낯선 머리지만 결과물은 잘 나왔다.

집으로 돌아온 뒤 거울 앞에 섰다. 몇 시간 동안이나 거울 앞에 서서 나를 바라보았다. 거울 속에서 낯선 남자가 나를 바라보고 있었다. 그는 내 마음에 들지 않았다. 그는 나보다 더 잘생기고, 젊고, 더 그럴듯해 보였지만, 나는 아니었다. 나는 그보다 더 볼품없고, 덜 잘생기고, 덜 젊었지만 익숙했다.

4시 10분 전. 그곳에 가야 할 시간에 임박해서 변신을 서둘렀다. 낡은 갈색 벨벳 양복으로 갈아입고, 「앙시앵 옵세르바퇴르」인지 뭔지 하는 신문도 사지 않고 4시 15분에야 테아트르 카페에 도착했다.

자리를 잡고 앉아서 주위를 둘러본다.

웨이터가 온다. 나는 레드와인 한 잔을 주문한다. 그리고 주위를 살핀다. 카드놀이를 하는 남자 4명, 허공을 바라보는 따분한 커플, 또다른 테이블에는 잿빛의 주름스커트, 밝은 잿빛의 블라우스, 검은색 카디건을 입은 한 여자가 있다. 그녀는 세 줄짜리 긴 은목걸이도 하고 있다(그녀는 목걸이에 대해서는 말하지 않았었다). 그녀 앞에는 커피잔과 붉은색 표지의 책이 한 권 놓여 있다.

너무 멀리 떨어져 있어서 그녀의 나이가 어느 정도인지 짐작할 수 없지만, 그녀가 아름답다는 것, 그것도 너무 아름다워서 나에게는 과분할 정도라는 것은 알 수 있다.

그녀가 매우 아름답고도 슬픈, 그리고 깊은 곳에

고독 같은 것이 깃들인 눈을 가지고 있다는 것도 알 수 있다. 나는 그녀에게로 다가가고 싶어진다. 하지만 나의 낡은 벨벳 양복을 생각하자, 선뜻 결심을 할 수가 없다. 나는 우선 화장실로 가서 거울로 내 모습을 훑어본다. 충동적으로 그녀에게 다가가려고 했던 나 자신이 부끄럽다. '매우 아름답고도 슬픈, 그리고 깊은 곳에 고독 같은 것이 깃들인 눈'이라는 생각도 어쩌면 내 상상력이 빚어낸 어리석은 변덕일 뿐일지 모른다.

화장실에서 나온 나는 그녀를 더 잘 관찰할 수 있도록 그녀와 가까운 테이블로 옮겨 앉는다.

그녀는 나를 쳐다보지 않는다. 그녀는 청바지와 검은색 터틀넥 스웨터를 입고 신문을 옆구리에 낀 젊은 남자를 기다리고 있다.

그녀는 카페의 벽시계를 바라본다.

나는 그녀를 뚫어져라 쳐다보지 않을 수 없다. 나의 시선을 의식한 탓인지, 그녀는 웨이터를 불러 커피를 주문한다.

그때 출입문이 열리더니, 다시 말해, 서부영화에

서처럼 문 두 짝이 안으로 밀리더니 한 젊은이가, 나보다 훨씬 젊은 젊은이가 들어와서 플로랑스-가랑스의 테이블 앞에서 멈춘다. 그는 청바지와 검은색 터틀넥 스웨터를 입고 있다. 그가 자동권총을 소지하고 있지도 않고, 구두 뒤축에 박차도 달지 않았다는 것이 오히려 놀랍다. 그는 검은색 머리를 어깨까지 늘어뜨리고, 같은 색의 아름다운 턱수염도 길렀다. 그는 나를 포함해 주변 사람들을 한번 쭉 훑어본다. 나는 그들이 말하는 내용을 분명히 들을 수 있다.

"마르셀!" 그녀가 반갑게 소리친다.

"왜 나한테 전화 안 했어?" 그가 대답한다.

"그게 아니야, 전화번호를 잘못 알았나봐."

"누구 기다리는 거야?"

"아냐, 아무도."

그렇지만 나는 존재한다. 내가 거기에 있고, 그녀는 나를 기다리고 있었는데, 다행히도 그 사실을 아는 사람은 나뿐이다. 내가 그 사실을 그들에게 말할 위험은 전혀 없다.

더구나 마르셀이 "그럼 우리 나갈까?"라고 말하고, 그녀가 "좋아"라고 대답한 이상.

그녀가 일어나고, 그들은 밖으로 나간다.

시골

점차 참을 수 없어졌다.

예전에는 매력적이던 작은 광장으로 난 창문 아래로 자동차 소음과 부르릉대는 엔진 소음이 끊이지 않았다.

심지어 밤에도. 창문을 연 채로는 잠을 잘 수가 없을 정도였다.

이제 정말로 더 이상 참기 힘들었다.

아이들은 집 밖에만 나가면 언제 차에 치여 죽을지 몰랐다. 잠시도 마음을 놓을 수 없었다.

기적적으로, 누군가가 그에게 이 작은 외딴 농가를 추천했다. 주인이 버리고 떠난 이 농가는 아주 헐

값이었다. 물론 손봐야 할 곳이 몇 군데 있기는 했
다. 지붕과 페인트칠. 욕실 설치. 그러나 그 정도만
손보면 살 만했다.

적어도, 그렇게 하면 그는 자신의 집에 있을 수 있
었다.

그는 우유와 달걀, 채소를 이웃 농부에게 직접 구
매했다. 도시의 대형 매장에서 사던 것에 비하면 반
값이었다. 그것도 순수 자연식품들이.

한 가지 문제는 거리였다. 20킬로미터나 되는 거
리를 하루에 네 번이나 자동차로 다녀야 했다. 그러
나 20킬로미터쯤이야! 15분밖에 걸리지 않는다(교
통체증, 사고, 고장, 경찰의 감시, 안개, 빙판길, 폭
설 때 외에는).

학교도 걸어서 30분 정도 거리로 조금 멀었는데,
그 정도는 아이들의 건강을 위해서도 좋았다(눈이
나 비가 올 때, 그리고 너무 춥거나 너무 더울 때 외
에는).

사실, 이곳은 천국이었다.

그래서 그는 시내로 나와서 예전의 자기 집 창문

아래 작은 광장에 주차를 할 때면 흐뭇했다. 도시의 배기가스를 마시면서, 그는 자기 가족을 이런 도시로부터 벗어나게 한 데 만족했다.

그런데 고속도로 계획이 나왔다.

시청에 붙어 있는 계획서를 보면, 여섯 갈래로 날 미래의 도로가 그의 농가 한복판을 관통하거나, 혹은 그렇지 않더라도 과히 멀지 않은 지점을 지나가게 되리라는 사실을 확인할 수 있었다. 그는 심히 동요했지만, 곧 어떤 영감 같은 것을 떠올렸다. 만일 고속도로가 그의 농가나 정원을 가로질러 나게 된다면, 그는 보상을 받을 것이었다. 그러면 보상금으로 또다른 곳에 가서 다른 농가를 살 수 있을 것이었다.

그런 계획에 아무런 의심도 없었기 때문에, 그는 책임자에게 면담을 요청했다.

책임자는 그를 진심으로 맞아주었고, 그의 이야기를 경청하고 나서는 그가 도시계획을 잘못 알고 있음을 일깨워주었다. 문제의 고속도로는 그의 농가로부터 적어도 150미터쯤 떨어진 곳으로 지나갈

계획이었다. 따라서 그는 보상을 받을 수 없었다.

고속도로는 건설되었고—그것은 참 대단한 공사였다—결국 고속도로와 그의 농가는 150미터나 떨어져 있었다.

더구나 소음은 과히 심하지 않았다. 지속적으로 웅웅거리는 소리가 들렸지만 이내 익숙해졌다. 농가의 주인은 그래도 이 고속도로가 난 덕분에 직장까지 더 빨리 이동할 수 있게 되었다며 스스로를 위안했다.

그러나 그는 신중하게 이웃 농가에서 우유 사기를 포기했다. 이웃 농부의 소들은 이제 도로변에서 풀을 뜯었고, 그 풀들은 누구나 알다시피 납 성분을 대량 함유하고 있었기 때문이다.

6개월 후, 그의 농가로부터 50미터 떨어진 곳에 가스 충전소가 세워졌다.

2년 후에는 80미터 떨어진 곳에 쓰레기 소각장이 들어섰다. 대형 트럭들이 아침부터 밤까지 오갔고, 소각장은 밤낮없이 연기를 뿜어댔다.

오히려 도시의 작은 광장에서는 교통이 통제되고

주차가 금지되더니, 정사각형의 작은 화단이 만들어지고, 테두리에 관목들이 심기고, 앉아서 쉴 수 있는 벤치도 설치되고, 어린이 놀이터도 만들어졌다.

거리들

어린 시절부터 그는 거리 산책을 좋아했다.

미래가 없는 이 소도시의 거리에서의 산책을.

그는 그 도시 한복판에 있는 2층짜리 작은 집에서 살았다.

아래층에는 부모가 운영하는 가게가 있었다. 다소 오래된 골동품 비슷한 것들로 가득한 잡화점이었다.

위층에는 좁은 스튜디오의 창문들이 도시의 중앙 광장 쪽으로 나 있었다. 광장에는 아침 9시부터 저녁까지 인적이 드물었다.

학교가 파하면 그는 집으로 곧장 돌아오지 않고

산책을 했다.

벤치나 보도 가장자리 같은 곳에 앉아서 오래도록 건물들의 정면을 바라볼 때도 있었다.

그는 착한 학생이었기 때문에, 부모는 그를 걱정하지 않았다. 그는 식사 시간에 정확히 맞춰 귀가했고, 저녁에는 자기 방에서 조율도 잘 되지 않은 낡은 피아노를 쳤다. 그것은 그의 부모가 팔려다가 실패한 물건이었다. 그 마을에는 피아노를 들여놓을 만큼 넉넉한 사람이 거의 없었고, 혹시 있다면 그런 사람은 새 피아노를 샀기 때문이다.

그는 매일 저녁 낡은 피아노를 연주했다.

나머지 시간에는 시내를 산책했는데, 그렇게 작은 도시인데도 그가 한 번도 본 적이 없거나 눈길 한 번 줘본 적이 없는 골목들을 매일 새롭게 발견할 수 있었다.

처음에 그는 자기 동네 근처의 구시가지에 만족했다. 낡은 집들, 성, 교회들, 꼬불꼬불한 거리가 마음에 들었다.

열두 살 무렵부터 그는 점점 멀리 나아갔다.

그는 집들이 반지하에 있어서 창문이 땅바닥과 같은 높이에 있는 시골 마을의 거리를 보고 놀라서 멈춰섰다.

　그가 매력을 느끼는 거리는 바로 그런 분위기의 거리였다.

　몇 달 동안이나 그는 아주 소박한 그 거리에 빠져 지냈다. 그는 가을에 그곳에 다시 와서 눈 덮인 거리를 보고 싶었고, 집의 내부는 어떻게 배치되어 있는지 들여다보고 싶어했다. 그는 닫히지 않은 커튼과 약간 열어놓은 덧문 틈을 이용해서 집 안을 들여다보았다. 변태성욕자. 그렇다, 집에 대한 변태성욕자가 된 셈이었다. 그곳에 사는 사람들에게는 관심이 없었다. 다만 집과 거리만이 그의 관심사였다.

　거리!

　그는 아침 햇살 아래에서 그 거리를 보고 싶어했고, 오후의 그늘 속에 잠기 거리를 다시 보고 싶어했고, 비 올 때, 그리고 안개가 끼었을 때, 아니면 달빛 아래 그 거리들을 다시 보고 싶어했다.

　이따금 그는 그 도시의 모든 거리가 보여줄 수 있

는 다양한 모습들을 전부 알려면 평생을 바쳐도 부족할 것이라는 생각을 하며 슬퍼했다. 그래서 지칠 때까지 걸었다. 아마도 그가 죽을 때까지 멈추지 못할 것 같았다.

그러던 어느 날 그는 음악 공부를 하기 위해 그 도시를 떠나 대도시로 향하게 되었다. 그는 낡은 피아노를 바이올린과 바꿨다. 그의 지도교수가 그에게 바이올린에 재능이 있다고 말했기 때문이다.

대도시에서 공부하는 데 3년이 걸렸다.

악몽의 3년이었다.

꿈, 꿈, 매일 밤 꿈을 꾸었다.

거리, 집, 문, 담장, 포장도로, 찌르는 듯한 통증, 한밤중에 땀에 흠뻑 젖어 깨어나기, 바이올린의 화음, 같은 집에 사는 사람들에게 방해가 될지도 모른다는 조바심, 그리고 연주 시간까지의 초조한 기다림.

어느 날 그는 교수와 학생들 앞에서 눈을 감은 채 자신의 곡을 발표했다. 그의 바이올린에서 그가 살던 도시의 거리들이 흘러나왔다. 감탄할 만한 어떤 집 앞에서, 또 잊을 수 없는 텅 빈 어떤 거리의 아름다움 앞에서 잠깐씩 멈추기도 했다.

버려진, 배반당한 이 거리들에 대한 추억에 빠져들면서 고독은 점점 커졌다.

노스탤지어, 사랑받던 이 거리들에 대한 끝없는 감탄, 엄청나게 큰 죄의식, 격정의 최고조에 달한 사랑, 그 도시의 땅에 집착하는 물질적인 사랑, 거의 외설스러운 육체적 관능적 사랑이 음악당으로 울려 퍼졌다.

다른 곳에서는 쉴 수 없는 육체의 반항, 다른 곳은 걸을 수 없는 발의 반항, 다른 것은 아무것도 보고 싶어하지 않는 눈의 거부. 오직 이 도시에만 묶여 있는 한 영혼, 이 도시의 집들에만 꽂혀 있는 집요한 시선.

이 무모하고 부자연스러운 상사병이 결코 치유될 수 없음을 그는 잘 알고 있었다!

"그만해!" 교수가 소리쳤다.

그는 눈물을 흘리며 고통스러운 표정으로 눈을 떴다. 그는 음악당에서 무슨 일이 일어났는지 알지 못했다. 무슨 일이 일어났든 상관하지 않았다. 그는 활을 내렸다.

"자네들은 뭐가 우습나?" 교수가 물었다.

"죄송합니다. 교수님. 하지만 이건 약간 '멜로물' 같습니다." 재능이 뛰어난 한 학생이 말했다.

다른 학생들은 마침 악몽에서 벗어났다는 듯이 마구 웃어댔다.

교수는 그를 다른 연습실로 데려갔다.

"연주해보게!"

"못 하겠습니다. 그런데 왜 다들 웃은 거죠?"

"거북해서지. 자네 음악을…… 아니 자네의 고통을 참기가 어려웠던 거야. 자네, 사랑에 빠졌나?"

"모르겠습니다."

"요즘 그런 감정은 예술적 가치를 인정해주지 않아. 거의 과학적이라 할 만큼 메마르고 건조한 감정이 유행이잖나. 낭만주의? 글쎄, 그건 이미 유행이 지났어. 웃음거리밖에 안 되지. 사랑이란 것조차도. 자네 나이에는 물론 사랑이 중요하고 그게 정상이지. 자네는 한 여자와 사랑에 빠진 게 분명해."

그는 느닷없이 웃음을 터뜨리더니 멈출 줄을 몰랐다.

"자네에겐 휴식이 필요해. 자네는 훌륭한 음악가야. 이제부터는 혼자 공부할 수 있네. 집으로 돌아가도 좋아. 나는 자네에게 더 이상 가르칠 것이 없네. 스스로 자신의 길을 찾도록 하게. 하지만 우선은 좀 쉬는 게 좋겠어."

그렇게 해서 그는 집으로 돌아왔다. 긴 휴식을 위해서.

그는 더 이상 바이올린을 켜지 않았다. 이따금, 다시 구입한 조율도 되지 않은 낡은 피아노를 연주했다. 먹고살기 위해 음악 레슨을 했다. 그것이 그에게는 훨씬 편했다. 그는 이 학생에게서 저 학생에게로, 이 집에서 저 집으로 이 거리에서 저 거리로 돌아다녔다.

그의 부모는 모두 세상을 떠났다. 아버지가 먼저, 그리고 뒤이어 어머니마저. 그는 이제 그게 언제쯤이었는지조차 기억하지 못했다.

그는 거리를 돌아다녔다.

거리들

이따금 그는 신문을 들고 벤치에 앉아 있었다. 하지만 신문을 읽지는 않았다. 그는 세상에서 일어나는 일에 관심이 없었다. 자신이 사는 도시에서 일어나는 일에도 더 이상 흥미가 없었다.

그는 그냥 거기에 앉아 있었고, 그것으로 만족했다.

그에게 행복이란 간단한 것이었다. 거리를 산책하기, 거리에서 걷기, 그리고 피곤하면 앉아서 쉬기.

꿈에서조차 그는 거리를 걸어다녔고 무척 행복했다. 꿈속에서는 아무리 걸어다녀도 지칠 줄 모르는 힘이 솟아나서 피곤하지 않았기 때문이다.

어느 날 저녁, 그는 갑자기 자신이 늙었음을 느꼈다. 그래서 좋아하는 집들과 거리들을 다시 한번 둘러볼 시간이 충분하지 않을지도 모른다는 두려운 생각이 들었다. 그 거리들을 다시 걷고 또 걸으려면 죽은 뒤 다시 와야 할 것이라는 생각이 들자 그는 슬퍼졌다.

죽은 뒤에 다시 오기는 아무래도 곤란할 것 같았다. 그렇게 하면 아이들이 그를 얼마나 무서워할까. 아무튼 그는 자기가 사랑하는 도시의 아이들에게 두려움을 줄 생각은 전혀 없었다.

그는 죽었고, 그가 계획했던 대로, 오랜 세월 동안—어쩌면 영원히—되돌아와서, 아직 충분히 사랑하지 못한 거리를 배회해야 했다.

어린아이들에 관해서는 아무 걱정도 할 필요가 없었다. 아이들 눈에는 그 역시 다른 노인들과 다를 바 없었기 때문이다. 아이들에게는 그가 살아 있는 사람이든 죽은 사람이든 상관이 없었다.

영원히 돌아가는 회전열차

내가 죽이고 싶다는 생각을 한 번도 해본 적이 없는 사람이 하나 있어.

그건 바로 너야.

네가 거리에서 돌아다녀도, 네가 술을 마시고 거리를 걸어다녀도, 나는 널 죽이지 않을 거야.

겁낼 거 없어. 그 도시는 위험하지 않아. 그 도시의 유일한 위험은 바로 나야.

나는 거리를 계속해서 걷고 또 걸으면서 사람을 죽이지.

그러나 너, 너만은 겁낼 거 없어.

내가 너를 쫓아가는 건 네 걸음걸이를 좋아하기

때문이야. 너는 비틀거리며 걸어. 그게 아름다워. 사람들은 네가 다리를 전다고 말할지도 모르지. 그리고 네가 꼽추라고도 하지. 사실 넌 그렇지 않은데 말이야. 이따금 너는 허리를 펴고 똑바로 걷기도 하지. 그러나 난 말이야, 늦은 밤에 지쳐서 허리를 구부정하게 굽힌 채 비틀거리며 걷는 너를 사랑해.

내가 널 뒤쫓아가면, 넌 떨고 있어. 추워서인지 두려워서인지. 아무튼 날씨는 더워.

한 번도, 거의 한 번도, 어쩌면 한 번도, 우리 도시가 이렇게까지 더웠던 적은 없었어.

그런데 넌 뭘 두려워하는 거지?

내가 두려운 거야?

난 너의 적이 아니야, 널 사랑한다고.

다른 아무도 널 해칠 수 없을 거야.

두려워하지 마. 내가 있잖아. 내가 널 보호해줄게.

하지만 나도 괴로워.

굵은 빗방울 같은 눈물이 내 얼굴 위로 흘러내리고 있어. 밤은 나를 감싸주지. 달빛은 나를 밝혀주고. 구름은 나를 감싸주지. 달빛은 나를 밝혀주고.

구름은 나를 감춰주고. 바람은 나를 찢어놓는군. 나는 너에게 일종의 애정 같은 것을 느껴. 내게는 흔한 일이 아니야. 아니, 아주 드문 일이지.

왜 하필이면 그 대상이 너냐고? 글쎄, 그건 나도 모르지.

나는 너를 어디라도 아주 멀리까지라도 오랫동안 쫓아가고 싶어.

네가 좀더 괴로워하는 모습을 보고 싶어.

네가 다른 모든 것에 싫증을 내기를 바라.

네가 내게 와서 안아달라고 애원하기를 바라.

나는 네가 나를 원하기를 바라. 네가 나를 갖고 싶어하고, 나를 사랑하고, 내게 전화해주기를 바라.

그러면 나는 너를 두 팔 벌려 맞아줄 것이고, 내 품에 꼭 끌어안을 거야. 너는 나의 아이, 나의 연인, 나의 사랑이니까.

나는 너를 데려갈 거야.

너는 태어나기를 두려워했고, 이제는 죽기를 두려워하고 있어.

넌 뭐든지 두려워해.

두려워할 필요 없어.

돌아가는 회전열차가 있을 뿐이야. 그것은 영원이라고도 해.

회전열차를 돌아가게 하는 것은 바로 나야.

넌 나를 두려워해서는 안 돼.

회전열차도 두려워하지 마.

너를 두렵게 하고 너를 해칠 수 있는 유일한 건 인생이라는 것, 너도 이미 알고 있잖아.

도둑

문단속 잘 하십시오. 나는 검은 장갑을 낀 손으로 소리도 없이 당신네 집으로 들어갈 수 있습니다.

　나는 폭도가 아닙니다. 그렇다고 욕심이 많거나 멍청하지도 않습니다.

　내 관자놀이와 손목 위로 보이는 섬세한 핏줄을 보면 당신은 감탄할 겁니다. 당신이 혹시 그걸 볼 기회가 된다면.

　그러나 나는 늦은 밤, 마지막 손님까지 다 떠나고 당신네 집의 끔찍한 샹들리에가 꺼지고 모두 잠든 시간에만 당신의 방을 찾아갑니다.

　문단속 잘 하십시오. 나는 검은 장갑을 낀 손으로

소리도 없이 당신네 집으로 들어갈 수 있습니다.

나는 잠깐 동안만 들어갈 겁니다. 하지만 매일 저녁 쉬지 않고 모든 집을 예외 없이 들를 겁니다.

나는 폭도가 아닙니다. 그렇다고 욕심이 많거나 멍청하지도 않습니다.

아침에 잠에서 깨어난 당신은 당신의 돈도 보석도 그대로 있다는 걸 알게 될 겁니다.

없어진 것은 단지 당신 일생 중 하루뿐임을.

어머니

그녀의 아들은 아주 어린 나이, 즉 열여덟 살에 집을 떠났다. 아버지가 죽은 지 몇 달 만이었다.

그녀는 방 두 칸짜리 아파트에서 계속 살았고, 이웃들과도 사이좋게 잘 지냈다. 그녀는 남의 집 일을 하고 옷 수선을 하고 다림질을 해서 생활했다.

어느 날, 그녀의 아들이 문을 두드렸다. 그는 혼자가 아니었다. 그는 아주 예쁜 젊은 아가씨와 함께 왔다.

그녀는 두 팔 벌려 그들을 환영했다.

4년 만의 만남이었다. 저녁식사를 마친 후 아들이 말했다.

"엄마, 엄마만 괜찮으시다면, 우리 둘이 여기서 계속 살고 싶어요."

그녀는 기뻐서 가슴이 두근거렸다. 그녀는 가장 좋고 큰 방을 그들에게 내주었다. 그러나 그들은 10시경에 외출했다.

'틀림없이 영화관에 간 거야'라고 생각한 그녀는 부엌 뒤에 있는 작은 방에서 행복하게 잠들었다.

그녀는 더 이상 혼자가 아니었다. 아들이 다시 함께 살러 그녀 곁으로 온 것이다.

새 식구가 생겼다고 해서 일을 포기하고 싶지는 않았기 때문에 그녀는 하던 일들을 계속하기 위해 이른 아침에 집을 나섰다.

점심 때, 그녀는 그들에게 맛있는 점심을 만들어주었다. 아들은 항상 무엇인가를 가져다주었다. 꽃, 후식거리, 포도주, 때로는 샴페인.

그녀가 이따금 복도에서 마주치는 낯선 사람들의 왕래는 그녀를 방해하지 않았다.

"들어오세요, 들어와요, 젊은 애들은 방에 있어요." 그녀가 말했다.

가끔 아들이 집을 비울 때에는 여자들끼리 식사를 했고, 그녀의 집에 사는 아가씨의 퍼렇게 멍든 슬픈 눈과 그녀의 눈이 마주치곤 했다. 그러면 그녀는 얼른 눈을 내리깔고 빵 속살을 뜯어서 만지작거리면서 중얼거렸다.

　"착한 녀석이야. 좋은 애라고."

　아가씨는 자기 냅킨을 얌전히 접어놓고―그 애는 교양이 있었다―부엌을 나갔다.

초대장

금요일 저녁, 남편은 기분 좋은 표정으로 직장에서 돌아왔다.

"내일이 당신 생일이야, 여보. 우리 파티를 하자고, 친구들도 초대하고. 생일 선물은 이달 말에 사줄게. 지금 좀 쪼들리거든. 뭐 사줄까? 멋진 손목시계로 할까?"

"시계는 있어. 그거면 충분해."

"그럼 원피스를 사줄까? 이 기회에 아주 유명 브랜드로 한 벌 장만해봐."

"유명 브랜드라니! 난 바지하고 샌들이 필요해, 그게 다야."

"당신 좋을 대로. 그럼 돈을 줄 테니까 필요한 걸 사. 하지만 이달 말에 줄게. 대신 파티는 내일 당장 할 수 있어. 친구들 잔뜩 불러서."

"당신도 알다시피, 친구들 잔뜩 부르면 내가 너무 피곤해. 난 차라리 고급 레스토랑에 가서 저녁이나 먹었으면 해."

"레스토랑은 터무니없이 비싸. 맛도 별로면서. 나는 집에서 당신한테 맛있는 저녁을 만들어주고 싶어. 내가 다 할게. 장도 보고, 메뉴도 짜고, 초대장도 보내고. 당신은 미용실 가서 예쁘게 꾸미고 시간 맞춰 나타나면 돼. 내가 준비 완료하고 기다릴게. 당신은 식탁 앞에 앉기만 하면 될 수 있도록. 상 차리는 것도 다 내가 할 거야. 이번만은 기꺼이 그렇게 할게."

그래서 남편은 파티를 계획하기 시작했고, 준비를 즐겼다. 토요일 오후, 그는 조퇴를 하고 장을 봤다. 그러고는 5시경에 장 본 물건들을 한아름 안고 즐거운 표정으로 돌아왔다.

"일이 엄청 많을 것 같아. 당신이 상을 차리면 더

잘 하지 않을까? 시간도 절약되고." 그가 아내에게 말했다.

미용실에서 머리를 손질하고 20년 전에 산 검은 색 원피스를 꺼내 입은 아내는 상을 차리기 시작했고 아주 예쁘게 장식까지 했다.

남편이 불쑥 말했다.

"샴페인 잔을 놨어야지. 내가 바꿀게. 대신 당신은 벽난로에 불을 피워. 거기서 양갈비를 구우면 환상일 거야! 불 피우고 나서 감자 깎고 샐러드 소스 좀 만들어줘. 윽, 채소에 벌레가 우글거려, 난 벌레라면 질색인데! 그것 좀 잘 닦을 수 없어? 당신은 늘 그 모양이더라."

한참 뒤 벽난로 앞에 자리를 잡은 남편이 말하길, "숯은 충분하겠지. 진토닉 잔 좀 가져다주겠어? 그런데 진에 넣을 레몬은 집에 있던가? 오우, 난 집에 있는 줄 알고 안 샀는데, 어떡하지? 당신이 식전주를 생각했어야지. 내가 이 모든 걸 다 할 수는 없잖아. '마르코' 가게는 아직 열지 않았을까? 기왕 가는 김에 아몬드랑 헤이즐넛도 사와, 올리브도!"

15분 후,

"그래, 아직 열었을 줄 알았다니까. 그런데 당신, 아직도 감자 안 구웠어? 나야 고기 지켜보느라 못 했지. 저런! 한 가지 까먹고 있었다. 메인 메뉴에 넣 으려고 작은 새우를 샀는데……빨리 마요네즈랑 케 첩 섞어서 소스를 만들어봐. 케첩이 없다고? 이 집 구석에는 있는 게 없군 그래! 이웃집 아무한테나 가 서 좀 빌려와."

부인은 한 층 위의 아무개네 집에 케첩을 빌리러 갔다. 아무개는 기꺼이 케첩을 병째로 빌려주었지 만, 덤으로 그의 비참한 하루, 비참한 인생에 대한 푸념을 들어주어야 했다.

아래층에서 초인종 소리가 난다. 손님들이 도착 했다. 부인은 내려가봐야 했다.

친구들은 벽난로 주변에 앉았다.

남편이 소리쳤다.

"이제 식전주는 준비됐어, 마들렌?"

드디어 양갈비구이 완성. 약간 타기는 했다. 그래 도 분위기는 그만이다. 실컷 마시고, 웃고, 마들렌의 나이가 종종 화제에 올랐지만, 뭐 그 정도야 생일이니까 어쩔 수 없고. 친구들은 이 모든 것을 계획하고 준비한 남편을 입에 침이 마르도록 칭찬했다.

"최고의 남편이에요."

"당신은 정말 운이 좋아요. 결혼한 지 15년이 지났어도 이렇게 생일을 챙겨주다니."

"이건 정말 아무나 할 수 있는 일이 아니지!"

세벽 3시경에 갑자기 조용해졌다.

친구들은 모두 떠나고, 지친 남편은 거실 소파에서 곯아떨어졌다. 가엾은 남편.

마들렌은 재떨이를 비우고, 빈 술병과 잔들을 치우고, 깨진 잔의 유리조각들도 쓸고 나서 테이블을 치웠다.

설거지를 시작하기 전에, 그녀는 욕실로 가서 오랫동안 거울을 들여다보았다.

복수

그는 좌우를 살펴보았지만 아무것도 못 보았다.

그는 두려웠다. 울기까지 했다. 어쩌면 비가 얼굴에 흘러내린 것인지도 모르지만, 확실하지 않았다.

하늘은 잿빛이다. 땅은 진흙탕이다. 그와 가장 가까운 것은 바로 진흙탕이다.

그는 말했다.

"너는 왜 사라졌니? 유리로 된 네 손은 산속 계곡의 맑은 물처럼 투명해. 네 눈 속에는 침묵이 새겨져 있고, 네 얼굴에는 권태가 씌어 있어."

다음 날 그가 말했다.

"네 얼굴은 어두워. 비명 같은 웃음소리. 그렇지

만 나는 여행객들이 무궤도열차의 차창에 매달려서 내다보는 그 몽블랑에 가고 싶어, 희망도 없이. 목적 없는 여행객들은 그 순간이 오면 비상벨에 매달리지. 그들은 거기에 대롱대롱 매달려 있어. 나의 아버지와 함께. 그리고 결코 태어난 적도 없는 우리의 아이들이 바퀴들 사이에서 울부짖고 있어. 그들 쪽에 있는 무수한 별들이 길을 가리키고 있어."

세 번째 날, 그가 말했다.

"패배한 사람들은 복수하지 않고 그 충격을 견디고 있어. 하지만 그들은 고약해졌어. 그들은 저녁이 되자 강을 건넜어. 댐 뒤에서 카운트다운을 하면서 기다리기 위해서. 무고한 사람들까지 죽었어."

마지막 날 그가 말했다.

"내게 묻지 마―바람에 머리칼을 날리며―누가 이 일을 시작했는지 내게 묻지 마, 누가 끝냈는지도 묻지 마. 내가 아는 것은 첫 번째 충격이 있었다는 것뿐이니까."

"난 너에게 복수할 거야."

그는 여자의 시체 같은 것 옆에 누워서, 시체의 젖

은 머리를, 아니 어쩌면 풀 같은 무엇인가를 어루만
졌다.

그때 100명쯤의 사람이 총질로 쑥대밭이 된 들판
에 불쑥 나타나서 말했다.

"우리는 언제쯤 우리의 시체를 놓고 울고 복수하
는 일을 끝낼 수 있을까? 언제쯤 죽이고 우는 일을
끝낼 수 있을까? 우리는 살아남은 비겁자들이다.
싸울 능력도. 누구를 죽일 능력도 없는 사람들이다.
우리는 잊어버리고 싶고 살고 싶다."

진흙구덩이 속의 그 남자가 나서더니 총을 들고
그들을 최후의 한 사람까지 다 쏘아 죽였다.

어느 도시로부터

그 도시는 작고 조용했다. 특별히 아름다운 것은 없었고, 지붕이 낮은 집들과 좁은 거리가 있었다.

내가 왜 그곳에 대해 그렇게 말을 많이 하는지 나도 모르겠다. 하지만 내가 입을 다물면, 그 도시를 둘러싼 높고 시커먼 산들의 그림지가 나를 질식시켜버릴 것 같다.

이따금 그곳의 해질녘 하늘은 너무도 환상적인 빛깔로 물들기 때문에 사람들은 그 광경을 보기 위해 집 밖으로 뛰쳐나왔다. 그 오묘한 색의 조화는 뭐라 표현할 방법이 없었다.

나는 이미 이 석양빛에 대해, 그리고 집에 대해, 그

리고 우리 집에 대해 종종 이야기해왔지만, 앞뜰의 나무들은 잊고 있었다.

사과나무들 중 한 그루에 초여름부터 사과가 열렸는데, 아직 덜 익었는데도 꿀처럼 달았다. 이 사과들이 잘 익었을 때 어떤 맛일지를 우리는 알 수 없었다. 항상 익기 전에 다 먹어버렸으니까.

그래서 우리는 잘 익은 사과 맛에 대한 추억을 갖지 못하게 되었지만, 어린 시절에야 어떻게 그걸 예견할 수 있었겠는가?

늦은 시간. 그곳에 어둠이 점점 짙게 드리우고, 창문 앞 커튼들이 미동도 하지 않고, 침묵이 거리로 울려퍼지면, 우리는 두려움에 떨었다. 왜냐하면 거기에는 항상 산속에 숨어 있다가 마을로 걸어내려와서 이중으로 잠근 문들을 두드려대는 나쁜 사람이 있었기 때문이다.

해가 뜨기 전에 나는 이 모든 것을 말해야 한다.

강에 대해, 시커먼 도르래가 달린 우물에 대해, 즐겁고 마음 편한 여름에 대해, 새벽 5시부터 우리 얼굴에 내려앉은 햇살에 대해, 교회의 정원에 대해.

해마다 가을이면 이 정원으로 몰려가서 방금 떨어진 단풍잎을 한 움큼씩 던지며 놀곤 했는데, 그때 우리는 아직 우리가 한창 때라고 믿었다.

놀랍게도, 낙엽은 떨어지고 또 떨어져서 땅바닥에 푹신한 층을 만들었고, 아직 날씨가 따뜻했기 때문에 우리는 웃고 떠들며 맨발로 그 위를 걸어다녔고, 날이 저물면 우리는 다시 두려워하기 시작했다.

제품

B씨가 초저녁에 집에 돌아오는 일은 없었다. 그렇지만 가족과 저녁식사를 할 수 있을 만큼은 일찍 들어왔다. 게다가 그는 가족을, 특히 아이들을 무척 사랑하기 때문에, 가족이 모두 그를 기다리기를 원했다. 아이들은 저녁이 늦어지면 졸음을 참지 못했고, 저녁밥도 제대로 먹지 못하고 짜증만 부렸다.

 B씨는 자신이 피곤할 때에는 아이들을 최대한 빨리 침실로 보내라고 아내에게 부탁했다. 아이들이 잠자리에 들고 나면, 그는 텔레비전을 켜놓고 소파에서 가볍게 코까지 골며 잠들어버렸다. 반대로 기분이 좋은 날에는 아이들에게 카드놀이나 도미노

게임, 그밖의 실내 게임들을 하자고 했다.

그의 아내는 대체로 남편의 이런 친절한 제안을 거절하고 거실이라고 할 만한 방의 한쪽 구석에서 책을 읽었다.

B씨는 이미 오래 전부터 이런 아내에게 무엇인가를 제안하기를 포기했다. 그래서 가족관계를 더 친밀하게 만들어줄 이런 교육적인 게임들을 아내 없이 하는 일에 익숙해졌다. 그녀는 가족에 대해서도 교육에 대해서도 어떤 의미를 부여하지 않았다. 그녀는 오직 아이들의 어머니일 뿐이었다. 그래서 B씨는 아내로서의 부족한 점이 약간 거슬리기는 했지만 모르는 척하고 지나갔다.

B씨는 이제 점점 귀가가 늦어졌다. 제품이 잘 팔리지 않았기 때문이다. B씨는 판매책임자였다. 그 일을 해본 적이 없는 사람은 그 자리가 얼마나 책임이 무거운 자리인지 절대 상상조차 할 수 없을 것이다. 판매책임자는 무슨 수를 쓰든 제품이 팔리게 해야 한다.

성실한 샐러리맨인 B씨는 제품을 팔기 위해 최선

을 다했지만, 매일매일의 이런 투쟁은 그가 가족에게 바치고 싶었던 시간들마저 빼앗아가버렸다.

그는 가족이 저녁식사를 끝내고도 한참 뒤에야 집에 돌아왔다. 아이들은 이미 잠자리에 들었고, 아내는 거실 구석에서 그에게 눈길도 주지 않고 책만 읽었다. B씨는 남은 음식들을 직접 데워서 먹었고, 기진맥진한 몸을 이끌고 2층에 있는 자기 침실로 올라갔다.

B씨의 초인적인 노력에도 불구하고, 제품은 점점 더 안 팔렸다.

어느 날 밤, 그는 무엇인가에 짓눌리다가 잠에서 깨어났다. 그는 아내에게 말하고 싶었다. 그러나 아내의 방은 텅 비어 있었다. 옷장도 비어 있었다. 서랍장도 마찬가지. 놀란 그는 아이들 방으로 달려가봤지만, 거기 역시 아무도 없었다.

'방학인가 보군. 내가 그걸 잊었던 거야. 내가 그런 것까지 기억할 순 없지'라고 생각했다.

다음 날 그는 사무실에서 해고를 통고받았다.

그는 해고되었다. 그는 제품을 잘 팔지 못했던 것

이다. 이미 다른 판매책임자가 고용되었다.

　B씨는 집으로 돌아와서 아이들의 방학이 끝나기를 기다렸다. 그는 창가에서 흘러가는 구름을 바라보았다. 집 안 구석구석은 먼지로 뒤덮였고, 싱크대에도 설거지감이 쌓여갔다. B씨는 학교 방학이 왜 이렇게 길까 궁금해하면서 계속 기다렸다.

나는 생각한다

이제 내게는 희망이 거의 없다. 전에는 무엇인가를 찾아다니고, 끊임없이 움직였었다. 나는 무엇인가를 기다리고 있었다. 무엇일까? 나도 모르겠다. 하지만 나는 인생이 그 무엇이라기보다는 아무것도 아닐 수밖에 없더라도, 인생은 그 무엇인가여야 한다고 생각했고, 그래서 무엇인가가 일어나기를 기다리다가 그것을 찾아나서기도 했던 것이다.

나는 이제 기다릴 것이 아무것도 없기 때문에 내 방에서 아무것도 하지 않고 의자에 우두커니 앉아 있어야 한다고 생각한다.

밖에는 어떤 인생이 있지만, 내 인생에서는 아무

일도 일어나지 않는다고 생각한다. 나를 위한 것은 아무것도 없었다.

다른 사람들에게는 무슨 일인가가 일어나고, 그럴 수 있다고 하더라도, 나는 이제 그런 일에 관심이 없다.

나는 내 집 의자에 앉아 있을 뿐이다. 꿈을 좀 꿔보기도 하지만 사실은 그렇지도 않다. 내가 무슨 꿈을 꿀 수 있겠는가? 나는 그냥 거기에 앉아 있을 뿐이다. 잘 지낸다고 말할 수는 없다. 내가 거기에 있는 것은 그것, 즉 내 건강을 위한 것이 아니다. 오히려 그 반대이다.

나는 내가 거기에 그냥 있는 것이 좋을 게 하나도 없다고 생각한다. 그리고 나중에 한번은 꼭 일어나야 한다는 것도 알고 있다.

거기에 몇 시간인지, 혹 며칠인지 몰라도 아주 오래 전부터 아무것도 하지 않은 채 앉아 있는 것이 불편해지기 시작했다. 그러나 몸을 일으켜서 무엇인가를 할 이유는 전혀 찾을 수 없다. 어쩌면 나는 단지 내가 할 수 있는 무엇인지를 전혀 생각도 하지 않고 있는지도 모른다.

분명 나는 집 안을 정리할 수도 있을 테고, 청소를 좀 할 수도 있을 것이다.

우리 집은 더럽고 어질러져 있다. 적어도 나는 창문을 열기 위해 일어나야 할 것이다. 여기에서는 담배 연기 냄새, 썩은내, 곰팡내가 난다.

그러나 이 모든 것이 내게 그렇게 불편하지는 않다. 약간 신경에 거슬리지만, 일어나서 해결해야 할 만큼은 아니다. 나는 이미 그런 냄새에 익숙해서 그것을 느끼지도 못한다. 다만 혹시라도 누가 들어오면 냄새를 맡게 되리라는 생각을 할 뿐이다. 그러나 '누군가'는 존재하지도 않는다. 아무도 들어오지 않는다.

당장 무엇인가를 하기 위해서, 나는 언제부터인지 모르는……아마도 내가 그것을 사온 날 이후 쭉 테이블 위에 놓여 있는 신문을 읽기 시작한다.

물론 나는 신문을 끌어당기는 수고조차 하지 않는다. 테이블 위에 놓인 채로 멀찌감치에서 그것을 읽는다. 물론 그것은 내 눈에도 머리에도 들어오지 않는다. 내가 보는 것은 죽은 파리 떼들 같은 활자 그 자체이기 때문에 그런 노력도 곧 그만둔다.

아무튼 나는 신문의 다른 면에 있는 한 젊은이, 아주 젊은 편은 아닌 그가 둥근 모양의 붙박이 욕조 안에서 똑같은 신문을 보고 있음을 깨닫는다. 그는 아주 편한 자세로 욕조 가장자리의 손이 닿을 만한 거리에 유명 상표의 위스키를 한 잔 놓고 광고와 주가 동향을 살피고 있다. 아름답고 활기차고 지적이고 세상물정을 잘 아는 표정이다.

그 광경을 상상한 나는 일어나서 붙박이가 아닌 부엌 벽에 매달려 있는 싱크대로 토하러 가야 한다. 내가 게워낸 토사물이 이 불행한 싱크대를 막아버린다.

나는 나의 토사물을 보고 깜짝 놀란다. 그것은 내가 지난 24시간 동안 먹을 수 있는 최대한의 양의 두 배는 되는 것 같다. 내 토사물에 다시 구역질이 나서 서둘러 부엌을 나온다.

나는 잊기 위해 거리로 나와서 무작정 걷는다. 거리에는 사람과 가게들 외에는 아무것도 없다.

나는 막힌 싱크대 때문에 집으로 돌아가고 싶지도, 더 이상 걷고 싶지도 않다. 그래서 나는 대형 매장에 등을 돌린 채 도로변에 앉아서, 사람들이 매장에 드나드는 것을 바라보며, 나오는 사람들은 안에 머물고, 들어가는 사람들은 그래도 밖에 있는 편이 움직임을 훨씬 줄이고 피로를 더는 방법이 되리라고 생각한다.

그들에게 그렇게 충고해주면 좋겠지만, 그들은 내 충고를 듣지 않을 것이다. 그래서 나는 아무 말도 하지 않고, 그 자리에 그대로 있는다. 매장 입구 주변은 계속 열려 있는 출입문 사이로 매장 안의 열기가 나와서 따뜻했기 때문에, 나는 마치 내 방에 앉아 있는 것 같은 착각을 할 정도다.

나의 아버지

당신은 그를 한 번도 본 적이 없다.

그는 죽었다.

내가 작년 12월 초에 당신이 절대로 모를 나의 모국으로 떠난 것은 바로 그 때문이다.

수도까지 기차로 24시간, 오빠 집에서 하룻밤 휴식, 다시 기차로 12시간, 그러니까 합해서 36시간의 긴 여행 끝에, 우리는 아버지를, 즉 도자기로 만든 흰색 유골함을, 콘크리트에 뚫린 작은 구멍에 안치할 수 있는 대규모 산업도시에 이르렀다.

36시간의 기차여행은 인적이 드문 추운 기차역에서의 기다림과 멈춤으로 이어졌다. 아버지를 잃어

본 적이 없거나 있더라도 너무 오래 전 일이라 더 이
상 기억도 나지 않는 그런 사람들에게 둘러싸인 채.
나는 아버지의 죽음을 생각해보았지만, 믿어지지
않았다.

나는 이미 아버지가 살아 계실 때 이 긴 여정을 여
러 차례 경험했었다. 그때마다 아버지는 나의 여행
끝자락인 이 산업도시의 변두리에서 나를 기다리고
계셨다. 아버지는 이 도시에서 별로 오래 살지도 않
았고, 이 도시를 사랑하지도 않았고, 이곳에서 나와
손을 잡고 산책하지도 않았다.

아버지의 장례식 때에는 비가 계속 내렸다. 방문
객과 화환은 비교적 많았고, 검은 옷은 입은 남성
합창단의 합창도 있었다. 신부 없이 치른 사회주의
식 장례식이었다.

나는 흰색 유골함 곁에 카네이션 다발을 놓았다.
그 작은 유골함 속에 아버지가 들어 있다는 사실을
믿을 수가 없었다. 내가 아직 그의 딸, 그의 아이였
을 때 아버지는 무척 컸기 때문이다.

도자기로 된 유골함, 그것은 나의 아버지가 이니

었다.

아무튼 나는 사람들이 그것을 콘크리트 속에 안치할 때 울음을 터뜨렸다. 음반에서 국가가 흘러나왔다. 그것은 과거에 그토록 고통받고 앞으로도 고통받게 될 이 나라와 국민들에게 은혜를 베풀어달라고 신에게 기도하는 내용이었다.

남성 합창단은 노래를 한 번 더 불러야 했다. 장의사 2명이 유골함을 제대로 안치하지 못하는 바람에 잠금장치가 작동하지 않았던 것이다. 유골함, 즉 나의 아버지는 콘크리트 속의 작은 구멍에 갇히고 싶어하지 않는 듯했다.

나는 아버지가 자신이 화장되기보다는 고향 땅에 묻히기를 원했음을 곧 알게 되었다. 위암으로 고통받으며, 아무것도 모른 채 꺼져가는, 그리고 모르핀 주사로 버티고 있는 위독한 환자인 아버지를 나의 어머니와 오빠가 설득했던 것이다. 아버지가 결코 사랑한 적이 없고, 나와 손을 잡고 산책한 적도 없는 이 무서운 산업도시의 공동묘지가 고향보다 더 낫다고.

장례가 끝나고, 나는 알지도 못하는—그들은 나를 알지만—사람들에게 인사를 해야 했다. 부인들은 나를 안아주었다.

마침내 모든 것이 끝났다. 추위로 잔뜩 웅크리고 있던 우리는 이제야 겨우 부모 집으로, 말하자면 어머니 집으로 돌아올 수 있었다. 거기에서 간단한 다과회가 있었다. 나도 남들처럼 먹고 마셨다. 나는 긴 여행과 장례식과 손님들과 이 모든 것들 때문에 너무 피곤했다.

나는 아버지가 생전에 책을 읽고 외국어를 배우고 일기를 쓰기 위해 머물던 아버지 방으로 갔다.

아버지는 거기에 없었다. 정원에도 없었다. 나는 어쩌면 아버지가 집에 온 이 손님들을 위해서 장을 보러 잠시 나간 게 아닐까 생각했다. 그는 종종 장을 보러 갔고, 그것을 좋아했었다.

나는 그를 기다렸고, 그를 다시 보고 싶었다. 그가 곧 다시 이곳으로 돌아올 것 같았기 때문이다. 나는 포도주를 많이 마셨고, 그는 여전히 돌아오지 않은 채였다.

나는 결국 "그런데 아버지는 어디 갔어요?"라는
말을 하고 말았고, 사람들은 나를 쳐다보았다.

나의 오빠들이 나를 자기들 집으로 데려가서 재
워주었다. 다음 날 나는 다시 떠났다. 다시 24시간,
아니 36시간의 기차여행을 했다.

여행 동안 나는 어떤 계획을 세웠다.

언젠가 다시 와서, 콘크리트 구멍 속에서 유골함
을 몰래 훔쳐다가 아버지의 고향 땅, 즉 강가의 검
은 흙 속에 묻어주리라.

그런데 나는 그곳을 잘 몰랐고, 한 번도 가본 적
이 없었다. 그러니 일단 유골함을 훔쳐다가 어디에
묻을 것인가?

그 어디도 아버지가 나와 손을 잡고 산책을 해본
적이 없는 곳이었다.